COLLECTION FOLIO

Philippe Sollers

L'Étoile des amants

Gallimard

Philippe Sollers est né à Bordeaux. Il fonde, en 1960, la revue et la collection « Tel quel » ; puis, en 1983, la revue et la collection « L'Infini ». Il a notamment publié les romans et les essais suivants : *Paradis, Femmes, Portrait du Joueur, La Fête à Venise, Le Secret, La Guerre du Goût, Le Cavalier du Louvre, Casanova l'admirable, Studio, Passion fixe, Éloge de l'infini, Mystérieux Mozart, L'Étoile des amants, Dictionnaire amoureux de Venise.*

« À ces mots, Athéna dispersa
les nuées : le pays apparut. »

Odyssée, XIII

— On part ?

— On part.

Maud ne pose pas de questions, elle est prête. On interrompt les contacts, on ferme, on boucle, on roule, on disparaît, passage de la frontière, pluie et soleil, ouverture de la maison, respire, maintenant, respire. Écoute, regarde, sens, touche, bois, respire. Je saurai plus tard où aller. Je te dirai.

On va dormir beaucoup, c'est nécessaire. Dormir et encore dormir, c'est la meilleure façon de leur échapper, et le plus possible d'un sommeil sans rêves. Car ils s'infiltrent aussi dans vos rêves, ils vous parasitent, vous tordent, vous imposent leurs voix. Bribes chuchotées, martelées, conneries, éclats, obscénités, refus, reproches, arrestations, interdictions, ordres. Impossible de les faire taire, le silence serait pour eux un poison. Ils se défendent, vous bousculent, vous attaquent, vous cognent. Vous vous croyez seul, mon œil. Votre chambre est remplie d'échos, les caméras sont là, les murs craquent, votre lit est électrique, la vermine monte dans les rideaux. « Ici ! » « Là ! » « Vous ! » « Toi ! » Drôle de banlieue sans fin, drôle de trame.

— Tu es fou ?
— Un peu.

Maud pense qu'on vit un roman que j'invente, elle me suit, elle me croit. Tout a commencé par son obstination et sa gentillesse. Au début, méfiance, qu'est-ce qu'elle veut celle-là, l'étudiante, bon, oui, d'accord, jeune, brune, jolie, ronde, gracieuse, danseuse, regard noir amusé profond, mélodie, harmonie, la raison même. Les cinglées, merci, j'en ai eu ma claque. En insistant un peu, on finit d'ailleurs par s'apercevoir qu'elles le sont toutes. Ça peut mettre longtemps à se dévoiler, mais ça vient. Les visages se creusent ou s'affaissent, les masques tombent, la grimace d'argent apparaît, les sourires à reproduction s'enfoncent, les yeux égarés virent au fixe. Les types, nounours plus ou moins pervers, ignorent que la grande folie passe à ce moment-là sur eux, la vraie, celle de toujours, grottes, cryptes, couvents, maternités, crèches, écoles, liftings, cliniques, hôpitaux, bureaux, banques. Ils deviennent débiles ou se taisent. La folie, elle, parle à ciel ouvert, et personne ne semble s'en rendre compte. Ils sombrent, elles se décomposent, le spectacle continue, salut.

En réalité, elles sont là pour ça : les user, les conduire du berceau au gâtisme. Folie et gâtisme, c'est le programme depuis le début. Tout le reste est comédie transitoire, bavardage technique, dénégations en tout genre. Eh, ho, c'est vous qui êtes désespéré, déprimé, non ? Mais pas du tout, au contraire.

— Qu'est-ce qu'on fait ? dit Maud.
— Rien. On attend.

Elle nage à côté de moi, il n'y a personne, mouettes et papillons blancs tout autour. L'endroit est unique, Maud s'y est glissée tout de suite. J'ai longtemps hésité à l'amener ici, et puis pourquoi pas. Un caprice, une fantaisie, rien à perdre. Tentons le Temps. Qu'il se montre enfin, fleur ou tête de mort. Ou les deux.

C'est l'été, maintenant, on peut l'écouter de l'intérieur déposer sa toile sur nous. Il y a un paysage des odeurs et des ombres, un autre en bleu-blanc, un autre dans les variations du vent. Si je m'assois pour écrire, derrière les volets, au plus chaud de l'après-midi, je sais que le temps va venir se mesurer ici, sur la page. Le papier est ma montre, mon horloge, ma sphère aimantée. Main droite, secondes et minutes. Main gauche, les heures. Cinq secondes, cinq minutes, cinq heures. À six heures du matin, grand silence solennel dans le jardin. Le soleil rouge s'annonce, les oiseaux du bois d'à côté vont commencer à traverser le ciel. Je bois mon café là, près du puits, en regardant l'eau à peine ridée par la brise nord-est. Le soleil passe au jaune, prend en écharpe les marguerites sous le figuier, le bois blanc des chaises et des tables, les pierres basses du petit mur. On dirait que les acacias, à peine agités, viennent d'une Chine toute proche. Les marins, là-bas, déjà réveillés, vont profiter de la marée, les vitres de leurs cabines brillent, les bateaux tournent sur eux-mêmes, se rapprochent les uns des autres, se préparent à gagner le large, hésitent un moment, s'en vont.

Qu'est-ce que je fous là ? Et elle ? Pourquoi elle ? Pourquoi tout ça ? Voilà les questions du matin, bien lucides, dans l'herbe. Et pourquoi le soleil, l'eau, les oiseaux, les arbres, les fleurs, plutôt que la température invivable de Mars, Saturne, Jupiter, ou de n'importe quelle étoile de la galaxie ? Et ainsi de suite pour les dates ou la respiration en cours. Terre, Europe, rivage, pointe des pieds, laissons le jour s'installer. On devrait pouvoir tout rebrasser et revivre depuis le fond organique, l'air.

Que disent les vieux textes ?

Qu'il faut atteindre la calme fermeté du corps. Qu'il convient de choisir un endroit bien pourvu en eau, agrémenté de toutes sortes de fleurs, riche en racines et en fruits, et qui produit même spontanément toutes sortes de fruits.

Qu'il n'y a pas de différence entre se trouver dans un temple ou près d'une rivière, ou encore dans un village, ou même dans une ville. Il suffit que le lieu soit agréable et permette de faire garder conscience de tout.

Que l'important est de rester toujours satisfait du style de vie que l'on a choisi.

Que, par la méditation, on peut percevoir parfaitement le remède décisif contre la servitude.

Que les signes, à l'intérieur et à l'extérieur, indiquent le moment opportun.

Que la racine du mot « homme » signifie jouer, s'amuser.

Qu'il faut ouvrir le crâne, élever le chant.

Que le chant de la syllabe est analogue à la régulation du souffle.

Que si la pratique orale n'est pas transmise par ceux qui chantent à voix basse, et si le chant n'est pas d'abord une écoute, il ne pourra pas y avoir de fruits.

Que l'être favorable et subtil, plein de félicité, se trouve dans une chambre secrète, plein de lumière.

Que la libération procède du secret.

Que dit, de son côté, Djalāl al-dīn Rūmī ?

« Nuit étrange, lorsque tu entendis la voix du compagnon,

Échappant à la morsure du serpent, délivré de l'horreur des fourmis,

L'ivresse de l'amour apporte dans ta tombe comme un présent,

Le vin, la femme, la lumière, les mets, les douceurs et le parfum,

En ce temps où la lampe de l'intelligence s'est allumée,

Quelle clameur s'élève des morts ensevelis !

La terre du cimetière est soulevée par leurs cris,

Par le tambour de la résurrection et l'éclat du retour. »

La même mouette est là, sur son piquet, en face, tournée vers la lumière montante, et, le soir, vers le couchant. Les oiseaux ont leur durée propre, les poissons et les buissons aussi. Les animaux, les humains, sont, parmi eux, des apparitions plus lourdes, sanglantes. Les humains, surtout, cloqués de néant.

Pourquoi elle ? Simplement la fraîcheur, la grâce. Pas l'innocence, non, ne rêvons pas, mais quelque chose de plus rare, de plus excitant. Comment l'appeler ? Pureté ? Haussements d'épaules, rires et huées dans la salle. Gardons pourtant le mot, on verra plus tard. Rien d'idéalisant, d'ignorant, de refoulant : une substance qui vient de plus loin que le sac physique. Rien de sportif, de sentimental : une densité de métal. La poche de venin, la vésicule vaginale biliaire, doit bien se trouver quelque part, mais pour l'instant elle est loin, cancer pas encore palpable. Elle n'est pas malade, voilà. Malade, c'est-à-dire se demandant pourquoi, à quoi bon, dans quel but, avec quelle garantie sociale. Les muscles jouent pour eux-mêmes, les jambes et les bras se parlent, pas d'embarras d'habits, de produits, de graisse, de ventre, de crèmes, de grossesses voulues ou rêvées, pas encore, pas encore. Pas de prise d'argent, de soucis, de jalousie, d'envie, de mort couvée remontante, pas encore, pas encore. Elle est dans la musique de la vie, dans sa gratuité heureuse. Pourquoi elle m'aime bien ? Parce que je confirme sans rien dire ce moment de son existence. Les corps humains ont besoin de ça, d'un silence approbateur et distant sur leurs os, leurs cellules, leurs tendons, leurs phalanges. On va dans le sens de leur sommeil réussi : ils le sentent, ils vous remercient.

Baiser profond. Le souffle, la langue, le goût de pêche, le parfum de foin. Viens donc, je ne suis pas un méchant vampire. Vampire quand même ? Eh oui. Tu le seras aussi un jour, avec délicatesse et mesure, question de discernement. T'ai-je forcée, harcelée, obligée, attachée, battue, exploitée, entravée, niée ? La propagande te le dira, mais pas tout de suite. Tu en ris déjà, tu as raison.

Nageons. Je regarde ton nez dans les petites vagues rapides. Comme il fait un peu plus froid, tu as mis ton maillot violet. Maud dans l'eau mauve. Un mot de toi, une moue, une petite modification de bouche, que je t'écrive une ode, un psaume, une églogue, avec les grands moyens d'autrefois, les livres anciens, le grec, l'hébreu, l'arabe, le sanscrit, le chinois, le latin. Ou encore l'anglais, l'allemand, l'espagnol, l'italien. Mais non, on est en français d'aujourd'hui, caché, libre, invisible, mignonne allons voir si la rose, les courses, les chansons, les baisers, les bosquets, sous tes souliers de satin, sous tes charmants pieds de soie, moi je mets ma grande joie, mon génie et mon destin. Ou encore : si vous alliez, madame, au vrai pays de gloire, sur les bords de la Seine ou de la verte Loire, et puis le reste, et puis tout ça. Tu plonges, tu reparais, tu salues de la main, tu fais la planche. Ton bonnet blanc te signale, là-bas, comme une petite bouée dans la baie. Tu cries : « Elle est bonne ! » et puis « Ouah ! ». Tu me lances une phrase que je n'entends pas.

Après un sommeil profond, la musique vibre mieux, plus intense. Les couleurs ont des couches plus sombres, les parfums deviennent plus familiers. Le toucher se déploie, les odeurs et les saveurs s'enroulent. Le monde se rapproche dans ses fibres. Le squelette a des ressources que les veines ne connaissent pas.

Au cœur du mouvement, le repos. Du fond du ciel bleu, l'éclair.

Que disent encore les vieux textes ? Ceci :

« Au milieu du cercle de l'immortalité, dans le lieu du plaisir, le cœur éveillé, là est l'être pour soi. Il se manifeste sous la forme d'un enfant.

Il est le Jouisseur, la Beauté, le Non-décadent. »

Et encore :

« Autant on médite sur l'être,
autant a lieu la concentration dans l'être.
Il faut méditer sur l'être, s'y tenir,
de sorte que rien d'autre n'arrive, sinon l'être. »

Essayez de dire ça à un contemporain, pour voir.

— Tu me racontes ta vie ?

— Laquelle ?

Sous-entendu : tes femmes, mais là, silence. Parlons plutôt du roman qu'elle veut écrire, du temps, des nouvelles, des publicités grotesques, des plans télé attrapés en vitesse (les meilleurs, les plus comiques étant sur Arabsat, vers 333 et plus), des journaux de plus en plus ennuyeux, de la mauvaise littérature générale, du cinéma qui ne vaut pas mieux, des éternels problèmes entre hommes, femmes, gays, pas gays, jeunes, vieux, riches, pauvres, noirs, blancs, jaunes, juifs, palestiniens, américains, sous-américains, mondialisés, sous-mondialisés. Et puis la sexualité, et encore la sexualité, et toujours la sexualité, et encore une fois cette immense affaire que semble être la sexualité. Allons dîner quand même, là, pas loin, près de l'eau tranquille. Raconte, toi. Ta mère, ton père, ta demi-sœur, ton enfance à Saint-Jean-de-Luz (oui, je connais), tes études, tes voyages un peu partout sur la planète, ton roman familial minimum, merci, pas besoin de divan. La différence d'âge entre nous ? Mais très bien, justement, on est dans l'intervalle, le coude, le détroit possible. Gratuits (huées dans la salle). Tu as bougé, lu, réfléchi, baisé un peu, beaucoup, pas vraiment, pas lucidement, pas du tout. Tu t'es surtout ennuyée, tu es restée réfractaire (c'est le mot que tu viens d'employer).

RÉFRACTAIRE : du latin *refractarius*, querelleur, de *refringere*, briser. Qui résiste à une autorité. Qui résiste à certaines influences physiques ou chimiques. Qui résiste à de très fortes températures : *argile réfractaire*. Biologie : qui résiste à une infection microbienne. *Période réfractaire* : diminution ou annulation passagère de l'excitabilité d'un récepteur sensoriel ou d'une fibre nerveuse. *Prêtre réfractaire* : prêtre qui, sous la Révolution, refusait de prêter serment à la Constitution civile du clergé. Au XIXe siècle, conscrit qui cherchait à échapper au service militaire (on dit aujourd'hui *insoumis*). De 1942 à 1944, nom donné à celui qui se dérobait au Service du travail obligatoire en Allemagne (tiens donc).

Actualisons : on est réfractaire dès la naissance ou jamais. La situation est d'abord confuse, mais l'enveloppe corporelle se souvient de tout. Quelque chose est jeté là, dans un cri, sommé de devenir moi. Quel moi ? Ça y est, c'est parti, c'est la guerre. L'enfance n'a pas de bords, le vertige est constant, il n'y a pas à discuter, le numéro est tombé, une fois que le vin est tiré, il faut le boire. Cette histoire est quand même à dormir debout, vous n'en sortirez que les pieds devant, bien raide, annulé comme tout le monde. On fabrique de la mort sans cesse, encore un, encore une, quelques millions, des milliards, et rien de plus *naturel*, n'est-ce pas, comme le dit la pseudo-sagesse des nations, c'est-à-dire la folie globale. Bon, vous êtes né, vous allez mourir après avoir tourné ou détourné votre film, tout cela était-il vraiment nécessaire ? Attention à votre réponse. Si c'est *oui* (très rare, hurlements dans la salle), que ce soit fondé sur un *non* radical, persistant, oblique, rusé. Vous m'avez contraint à l'arithmétique, je vous réponds par l'algèbre, vous me limitez au fini, je me décale infini. Pour qui vous prenez-vous ? Pour rien de ce que vous offrez comme étant à prendre.

Oh le petit animal ! Pourtant, on a ses photos. Il n'a pas l'air dangereux, on peut le classer dans l'ossuaire. D'ailleurs, il a l'air d'une fille, là (c'est moi, bébé bouffi sur une plage), et celle-là a l'air d'un garçon (voilà Maud campée sous un pin, ahurie, compacte, comme fichée dans le paysage). Les photos sont toujours les mêmes depuis qu'il y a des photos, nous sommes depuis très longtemps l'humanité des photos (et maintenant, après les empreintes digitales, de l'ADN). N'essayez pas de nous embobiner avec votre métaphysique : ce dont il n'y a pas d'images n'existe pas, bébés, veaux, vaches, cochons, pigeons, crabes, restaurants, voitures, skis, piscines, bateaux, avions, mariages, enterrements, manifestations, incinérations, soirées, orgies, grand-père ou grand-mère. Vous ajoutez le mouvement, cinéma, télévision, ça ne change rien, tout ça est bête comme une photo. Elle prouve, elle atteste, elle enferme face et profil, elle définit, elle clone, elle crucifie, elle excite, elle horripile, elle règne. Le Diable a voulu prendre Dieu en photo, voilà le fond de l'affaire. Cartes d'identité, passeports, réunions de familles, vols d'intimité plus ou moins organisés, polaroids pornos, photos, photos, photos. Votre cerveau est un appareil de photo. C'est lui, c'est bien elle, ce sont eux, mais oui, c'est elle, *surtout elle.* On connaît son objectif fixe : reproduire la situation qui peut être prise en photo. Berceau, mon beau miroir, ma poupée, mon ange. J'ai acheté une nouvelle robe, un nouveau body, je ne me déplais pas dans votre regard, si vous saviez quelle est ma misère, n'en parlons plus, vous voulez vous abuser, j'y consens, je me récupère, je m'épanouis, je brille : photo.

— Tu n'aimes pas les photos ? dit Maud.

— Je m'en fous. Et toi ?

— Je n'aime pas. J'évite.

— Tu veux rester en position de force ?

— Peut-être.

— Les faux dieux se cachent.

— Et les faux prophètes n'arrêtent pas de se montrer.

— On peut aussi se montrer pour mieux se cacher. Il y a plusieurs écoles. On finit par ne plus voir quelqu'un qu'on voit tout le temps. Les surexposés sont invisibles. Comment, vous ? Mais je vous connais, vous ne pouvez pas être quelqu'un d'autre que votre photo !

— De toute façon, le truc est pourri.

— Il fonctionne.

— C'est le plus étonnant.

— Regarde.

Je ne suis pas photographe, mais quand même, le recueil est particulièrement réussi. Portraits d'une réfractaire, donc. Elle a chaque fois une façon différente de dire *non* dans les images, et c'est très beau.

— Tu ne publieras jamais ça ?

— Parole.

On voit seulement ses yeux, et on sait qu'elle est nue. On regarde ses épaules, son dos, et on sent qu'elle est en train de lire. Jamais tout entière ? Mais si, là, de loin, au fond du jardin, le bras droit levé, « arrête ! ». Ou encore contre la porte-fenêtre, le soir, T-shirt noir et pantalon noir, de profil (il y a de la musique, la Reine de la Nuit). Ou encore, elle boit son thé, le matin, derrière la table de bois blanc, elle a le nez dans sa tasse, elle fait semblant de bouder. Nuit bizarre, plusieurs fois reprise entre deux rêves. Lesquels, déjà ?

— Des poursuites.

— Moi ?

— Sans doute, mais tu n'étais pas là.

— On essaie de nous retenir ? De nous tirer en arrière ?

— Ce genre-là.

Ce qu'on perçoit, dans les moins mauvaises photos, ce n'est pas la présence mais l'absence, la force qui n'a jamais été intériorisée, n'a pas franchi le mur de la vision et du son, est restée enfouie, méconnue, torrent du temps inlassable. Maud était bien dans ce fauteuil, à neuf heures du matin, avec, sur la gauche, le jeune figuier en pleine expansion, et alors ? On retrouve ses mains sur un livre ouvert, et alors ? Tout a disparu au moment même où l'appareil a fonctionné, pellicule fantôme, jolie jeune brune en été au bord de l'eau. Que voulez-vous réellement ? Du sexe, de la violence, de la corruption, des cris, de la mort ? Des électrochocs organiques ? Oui, sans doute, et alors ?

N'espérez pas vous évader comme ça hors de la machine à bouclage. La caméra n'est pas seulement dehors un peu partout, elle est dedans, et en permanence. Je pense donc je suis veut dire en réalité : je me représente donc je risque de disparaître. Je ne suis pas quand je ne me représente pas, à moi, au secours. Cela a lieu bien avant les reflets, les lacs, les miroirs, les théâtres, les écrans, les panneaux, les journaux, le doublage est actif dans les intervalles. Le Diable était là, clic-clac, la famille ou la société n'en sont que des instruments. Amitiés, rapprochements, liens, baises, amours, même constat. À peine nouez-vous un rapport, négatif oblige. L'inversion commence par là.

Comment atteindre la négation de la négation, l'affirmation même ? Ça les préoccupe très tôt, les réfractaires. On croit les élever, les éduquer, les terroriser, les domestiquer, on obtient avec eux des résultats minimaux, ils apprennent anormalement vite à lire et à écrire, mais c'est comme si ce don particulier ne les menait à rien, ils le gardent pour eux, on ne comprend pas ce qu'ils projettent d'en faire. Ils ne partagent pas volontiers, ne semblent pas attirés par les sacrifices et les mortifications, l'ascèse ou la discipline. Le garçon sera un salarié bidon, un déserteur, un simulateur, incapable de la moindre carrière. La fille ne sera ni actrice, ni mannequin, ni professeur, ni docteur, ni publicitaire, ni bonne mère, et encore moins hystérique mystique ou anorexique. Que leur reste-t-il ? L'art ? Mais comme, là encore, le caractère réfractaire persistera dans cette dérivation, il y a fort à parier qu'il s'agira d'un art non conforme à ce que les contemporains considèrent comme tel. Un art de vivre, alors ? Ce n'est pas impossible, c'est même ce qui fait peur. Que voulez-vous, ce sont des irresponsables. On dirait qu'ils se moquent de leur réputation. Ils s'habillent n'importe comment (mais aussi, parfois, avec une élégance inexplicable), dépensent tout leur argent, interrompent leurs relations d'un moment à l'autre, se lèvent et partent sans s'excuser dans des dîners, oublient leurs amis, leurs femmes, leurs maris, leurs amants, leurs maîtresses, ne font pas de cadeaux, ne donnent aucune indication sur leurs maladies ou leurs états d'âme. Ce sont des asociaux, même pas conservateurs, incontrôlables, irrécupérables. Mal vus à droite, mal vus à gauche, vomis par le centre, étrangers aux marges, où voulez-vous les mettre ? Dans l'au-delà ? Même pas.

Dans la propagande d'anciens réfractaires, on trouve des choses comme ça :

« Oui, l'heure nouvelle est au moins très sévère.

Car je peux dire que la victoire m'est acquise : les grincements de dents, les sifflements de feu, les soupirs empestés se modèrent. Tous les souvenirs immondes s'effacent. Mes derniers regrets détalent — des jalousies pour les mendiants, les brigands, les amis de la mort, les arriérés de toutes sortes. — Damnés, si je me vengeais !

Il faut être absolument moderne. »

La vie érotique de Maud jusqu'ici ? Tentatives ici ou là, un peu partout, n'importe comment, l'époque. Et puis repli, léger délire, poésie, philosophie. Et puis fatigue, grande fatigue, abstention spontanée, sans problème, avec gym, tennis, nage, vélo. Et puis moi, un soir, chez des amis. « Vous avez quelque chose à me dire ? » — « Je crois. »

Les premières fois sont émouvantes. On est vraiment dans le noir, on cherche, on trouve, on sait qu'on doit passer par-dessus un mur. On n'est pas là pour l'acrobatie sexuelle, je te suce, tu me branles, je te bourre en con et en cul, tu jouis avec de petits cris en clitoris ajouté, et moi avec un râle profond et rauque, bref la sauce littéraire débitée à longueur de temps par les nouveaux possédés mélancoliques du stade final de la marchandise. Ça peut se décrire comme ça si vous y tenez, mais bientôt le pressement de main sous la table reviendra à la mode, avec monsieur qui bande d'émotion romantique et madame qui mouille à ce simple contact furtif. D'ailleurs, la question n'est pas là. Le truc sexuel est spirituel, bien entendu, contrairement à ce que voudrait faire croire son organisation en viande disponible après l'avoir brandi comme un péché horrible, un sirop d'amour reproductif ou un pilonnage de pathologie psy. Du calme, contorsionnons-nous ensemble, soit, mais allons plus loin. Là, il faut éviter la drague des sectes, temples solaires ou lunaires, qui prétendent contrôler la douane. Arriver à être réellement seul avec quelqu'un devient extrêmement difficile. Est-ce que cela a déjà été possible de façon détendue ? Pas sûr. Nous sommes dans une nouvelle île, un naufrage a eu lieu, tu es Vendredi, je suis Robinson, ou le contraire, épargne-moi ton passé, je te fais grâce du mien, Crusoé, *crux*, la croix, *zoé*, la vie, personne n'a vu le message de résurrection de ce petit roman pourtant très populaire. Voyons la rotation qu'on peut lui donner, toi femme moi homme, deux sauvages, deux civilisés, on reprend tout à zéro, flot des temps, levée des malédictions, préparation du retournement d'âge d'or. Pour l'instant, on fait coïncider les sensations, elles peuvent atteindre une fois sur dix la cible. Il faut bien se dire des mots directs et doux, et puis rire, sinon l'abcès grossit, la psychomanie s'obstine. Le bonjour-bonsoir prostitutionnel est mille fois plus honnête que les sous-conversations aigres des partenaires qui se sont manqués. Le seul ennui, avec le placebo sexuel, c'est que la faim recommence alors qu'il faut se dégager et passer. Mais on peut aussi *ne rien faire*. Et c'est gagné si on trouve ça, de part et d'autre, *pareil*.

— Tu te sens seule ?

— Divinement. Et toi ?
— Divinement.

Là, sans blague, on pourrait mourir. Mais ce n'est pas le moment.

Elle dort encore, elle n'est pas pressée de retrouver le jour, son corps lui plaît comme ça, replié sous le drap, profil gauche sur l'oreiller à peine visible. On est sur l'île de la Cachette, maintenant, celle de Calypso. Je vais te préparer ton thé, ta tranche de melon, ton yaourt bio, ta croquette. Et puis j'irai te réveiller en t'embrassant une main, le front, l'épaule, le cou. Avant, je couperai une rose pour toi dans le jardin, une des roses rouges des trois tiges grimpantes.
— Quelle heure ?
— Neuf heures.
— Il fait beau ?
— Très beau.
— Comme hier ?
— Plus beau.
J'ouvre les volets, le ciel entre d'un coup dans la pièce blanche. Tu fermes les yeux, tu te retournes en gémissant, tu t'abandonnes à l'odeur violette du sel.

Vous avez sûrement entendu parler des événements.

Mais la bonne, la très bonne nouvelle, c'est qu'il ne se passe rien. Des tas de choses, bien sûr, explosives, décevantes, horribles, mais rien. En un sens très précis et vertigineux, il ne s'est jamais rien passé (tempête de huées dans la salle). On nous a raconté une série de mauvais romans, des bobards. Les faits sont là, pourtant, irréfutables, les ruines, les monuments, les tombes, les témoignages, les bibliothèques, les enregistrements, des kilomètres souterrains d'archives, mais pourris, fissurés, crevés, engloutis par un point de fuite *à l'envers*. Ça ne tient pas, ça n'a aucun sens, ça se casse la gueule, ça tombe en poussière. Le paradoxe veut qu'en même temps le sujet subit une hémorragie de mémoire, des cataractes de scènes vraies, solides, singulières, une mise en relief tellement violente qu'il en est parfois terrorisé et pétrifié dans son coin. Surgissement et annulation ensemble. On *rentrerait* ainsi dans le Temps lui-même ? On lui aurait été jusqu'à présent *extérieurs* ? On l'aurait seulement *côtoyé* avant de se faire fossoyer par lui les yeux ouverts ? Personne n'aurait jamais habité le noyau atomique de son existence ? Eh, oh, vous n'êtes quand même pas le premier à vous réveiller ?

Eh bien, si. Je prends une douche, je me mesure en eau et savon, je me parcours à l'éponge, cheveux, tête, épaules, bras, torse, sexe, cul, ventre, nombril, fesses, cuisses, reins, genoux, chevilles, mollets, pieds, petite forme sous le jet d'eau chaude. Endroit, envers, dessus, dessous. Je me nettoie et me baise à fond, et le résultat est là : rien. Je suis nul, écrasé, chiotte. Mais alors d'où vient que ce constat de néant m'enivre, m'enchante ? Le rayon de soleil contre les carreaux de la salle de bains est divin. Le vent léger dans le laurier, tout près, de l'autre côté de la fenêtre, un miracle. Un frisson violet vibre du haut du crâne jusqu'aux orteils, je respire avec les talons, je sors dans le jardin, je cours nu un moment dans l'herbe. C'est idiot, et je me flatte d'être consternant et idiot. Je suis un chien, je pisse et j'aboie au soleil. Je suis un singe, un ours, un bœuf, un éléphant, un cerf, un bison, un mammouth, mais aussi une chenille, un escargot, un serpent, un lézard, un crapaud, une mouche, un ver, un aigle, un moineau, une anguille, un goujon, un espadon, un saumon, un requin, une méduse, une moule, un esturgeon, une baleine, un thon. Un merveilleux supercon. Toute une science préhistorique passe à travers moi, j'avance à tâtons dans des couloirs et des puits, je peins ma main négative sur les parois, je plonge au fond des mers, éponges et coraux, je m'envole comme ça, de chic, avec mes nids dans les arbres. Voyez mon groin, mon échine, mes ailes, mon bec, mes ouïes, mes écailles, mes nageoires, mes griffes, mes queues, mes plumes, mes pis, mes crêtes, mes vagins, mes bites, mes couilles, mes sabots, mes cornes, mes naseaux, mes crocs. Voyez mes yeux globuleux, ma crinière, ma sinuosité de vipère, ma lubricité de panthère, ma viscosité, mon élasticité, ma constriction de boa, ma tronche d'anchois. Je jappe, je rugis, je braie, je barris, je ronronne, je siffle, je roucoule, je bondis, je me roule en boule, je suis le gai rossignol, le merle moqueur, le rhinocéros fumant, l'hippopotame gluant. Mon sexe est énorme, ce gland rouge et plein de venin me fait frémir. Mais bien malin, ou maligne, celui, ou celle, qui découvrira mon clitoris déclic et saura s'en servir. Je vais plus loin, il n'y a pas que de l'animal en moi, mais aussi du végétal, du floral, du minéral, de la glace, du gaz, du métal. Je suis présent dans tous les bouquets, les bagues, les broches, les bracelets, les colliers. J'entends mes pollens, mes racines, mes poisons, mes abeilles, mes sèves, mes duretés et mes densités. Un tourbillon d'électrons, chez moi, est vite arrivé, mes neutrinos me protègent, mon trou noir n'est pas un secret, j'ai mon décalage vers le rouge ou l'ultraviolet, mon rayonnement transperçant, mon charme, mon vent dégradant, mon scintillement à éclipses. Ma nouvelle matière n'est pas encore décodée, j'ai plus d'un quark dans mon sac, et aussi des ruses inversées, des disparitions calculées, des fausses apparitions, des astuces boréales, des identités en cavale, des déploiements dans les marges, des observateurs observés. Je me fuis, je m'oublie, je me voyage, depuis combien d'années, déjà, dans ce bureau spatial, j'allume ma vitesse ou je plane, je n'ai plus d'écrans, les chiffres sont faux, je m'en fous, je ne reviendrais pour rien au monde m'enterrer ou fumer mes cendres. Tant pis ! Au vide ! Plus d'eau, d'électricité, de chauffage, d'alcool, de téléphone, de fax, de radio, de télé ! Plus de chair, de muscles, de nerfs, de circuit sanguin, de poumons, de foie, de glandes, de rate, de prostate, de cœur, de cerveau, de squelette ! Rien ! Brise ! Et pourtant, coucou, me revoilà, propre, rasé, parfumé, poli, bien habillé, dissimulé, insoupçonnable. Pas d'histoires inutiles.

Maintenant, je regarde Maud allongée dans l'herbe au soleil. Elle lit, elle ne me voit pas. L'idéal serait de lui transmettre directement les phrases que je viens d'écrire. Tu es là ? Oui ? Vraiment ? On y va. Les mots se forment d'eux-mêmes, c'est une expérience, elle sait où j'en suis, on n'aura pas besoin d'en parler, on parle le moins possible. Ce qui compte est cette montée de silence, palais des plaisirs. Le temps est une poudre dégagée pour nous, brûlant tout (vives protestations dans la salle). Feu du temps, montée en cadence. Reviens, dormons encore un peu. Taisons-nous.

— Vous connaissez la nouvelle ?

— ...

— Incroyable ! Inouï ! Apocalyptique ! Dément !

— ...

— Terrifiant ! Monstrueux ! Énorme ! Fascinant ! Soufflant !

Ça, c'est presque tous les jours. Mais toi, connais-tu le nom des oiseaux que tu vois ? Es-tu capable de toucher les mots dans les choses ? Écoute :

Aigrette garzette, Avocette, Échasse blanche, Fou de Bassan, Pétrel fulmar, Pluvier argenté, Barge à queue noire, Cormoran, Goélands (marin, argenté, leucophée), Sterne pierregarin, Tadorne de Belon, Tournepierre, Bécasseau sanderling, Bécasseau variable, Bécasseau combattant, Courlis cendré, Héron cendré, Huîtrier pie, Canards (colvert, souchet, pilet), Gorgebleue, Grand Gravelot, Mouette tridactyle, Mouette rieuse, Macareux, Héron garde-bœufs, Héron bihoreau, Chevalier gambette, Guillemot de Troïl, Pingouin torda, Traquet motteux, Sarcelles (été, hiver), Bernache cravant, Marouette ponctuée, Guifette noire, Harle huppé, Pipit maritime, Spatule blanche, Vanneau huppé.

Voilà. Relis vite à haute voix et sans ponctuer, comme si toutes les syllabes devaient s'envoler ensemble. Un canard n'est pas un autre canard, une mouette diffère d'une autre mouette, un héron apparaît blanc ou cendré. Ferme les yeux, prononce le mot *avocette.* Laisse le soleil tomber dans l'eau argentée.

Quant à eux, qu'est-ce qu'ils attendent de nous ? Qu'on disparaisse, qu'on n'existe plus, qu'on n'ait jamais existé, qu'on se tue. C'est tranchant, net, figé, sans appel. Pour ça, mille moyens, calculs, circonvolutions, palpations, intimidations, oublis, omissions, censures, piqûres, faux accueils, fausses promesses, désinformations, reptations, flatteries, calomnies, poisons, caresses, poignard ou bâton. Vous vous étonnez ? Ils s'en étonnent. Vous vous plaignez ? Ils jouissent. Vous insistez ? Mais à quel sujet ? Vous avez tout inventé, vous êtes cinglé, vous délirez. Vous ne devriez pas être là, voilà tout, votre naissance est une erreur, on vous la fera payer comme terreur. Vous n'avez pas honte de manger, de parler ? Vous êtes bien sûr que votre respiration est utile ? On connaît vos pensées, les mauvaises surtout, on les devance, jalousies, envies, ruminations abruties. Ici, c'est Necropolis, la grande cité-mausolée, la vallée sociale, l'urnification finale et anale, le crânal. Le retournement a eu lieu, l'inversion majeure, le Cul règne une fois pour toutes dans sa vérité révélée. Pensez Anus, vénérez Anus, ressentez Anus, rejetez Vénus, entrez dans la nuit spectrale et funèbre. Squelettez, cadrez, dégagez.

Ils sont partis dans le négatif, le spasme désespéré est devenu leur système. Froid, miroir des miroirs, chambres noires, uniforme noir, messes imaginaires noires, narcissisme exacerbé, mensonge, inoculation, trahison, vol, la mort, toujours la mort, encore l'argent et la mort, ne me dites pas que vous n'êtes pas poignés par la mort. À l'envers, hop, recyclage. Fantasme ultime : baiser son propre cadavre, le niquer mental en cliché glacial. C'est la beauté du diable, ça, coco. Ça mérite un bébé. Je vous fais le Christ à l'envers, battez-moi, flagellez-moi, sucez-moi, écartez mes fesses, bourrez-moi, que cent bites soient mes satellites, moi la prêtresse, l'araignée des siècles, l'ange-garçon sacrifié, le surné. Cette séquence produit toujours un gros effet sur les femmes de la région. Devant l'air ahuri des mâles (un peu gênés tout de même), elles comprennent l'offrande, surtout les prudes, celles qui ont récusé farouchement le tripotage central. Le mâle à mâle mis à mal est leur bonbon préféré. Oh, fais-moi le martyr tringlé, j'adore.

Tout ça pour dire que la religion se refonde comme il faut quand il faut. Inversée, une faux d'acier la commande. Plus la fabrication des corps s'industrialise, plus l'enculation abstraite et passionnelle devient visible. Normal : perversion et perversation sont les deux pôles de la rotation en cours. Dévoilement cloacal, infantilisation, hystérisation, autoaccusation, sanction. Et vous prétendez que vous ne méritez pas la mort ? (Ici, flot d'injures variées dans la salle.)

Retour ici, tout de suite. Marche à l'étoile, la nuit est pour nous. Tu la vois, c'est celle-là, là, juste devant, lève un peu la tête. Elle sait tout, elle se souvient de tout, elle brille dans tout, presque plus personne ne la voit vraiment de l'intérieur, quelques navigateurs, et encore. Ils sont tous affalés derrière leurs écrans, planète fermée en images, ni dedans ni dehors, nulle part, dérivant dans l'effacement. C'est le moment de la grande récapitulation calcinée. Les documents sont brûlés ou mis en perspective pour la propagande du jour. Comble du calcul, comble de l'absurde. Le nez sur le cinéma des chiffres, rien d'autre.

Prenons le chemin du fenouil. Fais attention aux branches. Embrasse-moi, là, sur la plage, devant l'océan désert. Deux petites silhouettes pressées l'une contre l'autre. Tu n'as pas froid ? Il est quand même deux heures du matin, et le vent fraîchit avec la marée montante. Embrasse-moi encore, j'en ai besoin. Oui, branle-moi comme ça, debout sous la lune. Bien sèchement, un peu détournée, avec ta langue et ton souffle dans ma bouche, dans l'odeur d'iode et de varech. J'entends, sur ma gauche, la déflagration régulière des vagues, j'aime ton poignet et tes doigts, je sais que tu mouilles en même temps que je gicle, attention, salope, je vérifierai, lave ta main dans le bord d'écume, reviens. Je vais te caresser sur le lit, maintenant, allonge-toi, offre-toi, je veux que tu gémisses bien, que tu ries de joie. Tes jambes chaudes, après, tes pieds, mon bras droit sous ta nuque, ma main droite dans ta main droite, plus loin, sous le traversin. Tu t'endors avant moi, j'écoute ta respiration, je me lève doucement, je vais fumer une dernière cigarette dans le jardin sous l'un des acacias, je coucherai dans une autre chambre, et voilà.

— La séparation a été voulue ? Organisée ?

— Oui, et elle l'est de plus en plus en profondeur.

— Pourquoi ?

— Reproduire famille, reproduire société, reproduire argent, buée, vanité. Tuer singularité, propulser nuée. Progrès technique, misère mentale. Prise de sexe, prise de fric, répétez, roulez. Tout, mais pas de pensée, pas de gratuité calme.

— Séparation homme-femme ?

— D'abord. Chacun de son côté, avec illusion de se rejoindre. Lamentations, récriminations, usure, urne.

— Rien à faire ?

— Rien. Se défiler, jouer la séparation pour la dépasser. Voir, écouter, toucher, goûter, respirer. Comprendre que les corps sont dépensés pour rien, bouclés et jetés dans le torrent nul. Gaspillage.

— Je t'en veux, tu m'en veux, nous nous en voulons ?

— Et ainsi de suite. Projection. Mais ça peut s'interrompre, la preuve.

Nous sommes maintenant au VIIIe siècle en Chine. Nous suivons un poète de cette époque dans sa promenade. Il marche au bord d'un fleuve aux rives couvertes de pêchers, de pruniers. Il voit des bourgeons, le soleil voilé, des bassins calmes. Il pense au vide, il se vide, il devient le vide, il est ici. Après tout, il pourrait sortir de chez lui au crépuscule, en pleine ville moderne, recevoir la pluie et les trottoirs en pleine figure, les voitures, les silhouettes pressées des passants, les cloches d'une église voisine, un sourire discret, un regard. Mais non, pour l'instant son paysage est formé de rochers, de saules, d'un sentier sous les nuages conduisant à un ravin encore caché par des bambous et des lianes. Il pense : « Nul ne sait où se trouve la source magique. » Il pense : « La connaissance intime du paysage dissout l'émotion du départ. » Il écrira des trucs comme ça en rentrant chez lui, après avoir bu un verre de vin. Il s'arrête devant des abricotiers, mais cela pourrait être, ailleurs, un platane étrangement noueux ou un buisson de lavande. Il palpe, dans sa poche, son petit cercle troué de jade blanc, symbole phallique paradoxal du ciel. Il pense : « Dépouillé de tout, j'habite l'unique chambre. » Plus tard, ce sera seulement : « La nuit est calme, tous les mouvements ont cessé. » Là, on commence à comprendre : le plus simple ou le plus proche sera toujours le plus riche et le plus mystérieux. Avançons. Le Chinois a mis des sandales légères, il passe près d'un ponton, repère l'échiquier des marais, des champs, se perd un peu dans la broussaille au-delà des pins, s'approche d'un torrent qui tombe à pic dans le fleuve. Des grues volent au loin devant lui, ailleurs ce seraient des goélands ou des mouettes. Pas de lierre, mais des roseaux et des joncs. Que veut-il dire exactement lorsqu'il pense : « La beauté du paysage étend sa blessure » ? Ou bien : « Simplicité de la souffrance : agiter en vain son éventail blanc » ? Souvenir personnel, deuil ancien ou récent, brève cicatrice dans la vision, conscience d'un danger qui monte ? Il reprend sa marche et pense : « La simplicité souffle sur notre vie. » Il le dit encore, et cela est émouvant après treize siècles. Treize siècles ? Deux minutes ? Treize secondes ? « Le torrent clair est entouré d'épais taillis, l'eau courante a comme une pensée, l'oiseau du soir rentre avec moi. » Tu es noire et claire, tu es comme une pensée, tu rentres avec moi.

La promenade du Chinois le ramène maintenant dans les faubourgs de la ville. « Les ruines des remparts touchent les vieux pontons, le soleil couchant remplit la montagne d'automne. Arrivé, je m'enferme. » C'est ça, enfermons-nous. Comment, vous ne regardez pas la télévision, vous n'écoutez pas la radio ? Vous ne savez pas que des incendies, des inondations, des tremblements de terre sont en train de faire des ravages ? Qu'une émeute sanglante a lieu en ce moment même dans une capitale réduite à la misère par la corruption ? Que le corps d'un plongeur vient d'être retrouvé dans un boyau souterrain ? Qu'une nouvelle épidémie s'étend de façon fulgurante ? Qu'une femme de soixante-dix ans vient d'accoucher de quintuplés mort-nés ? Que les religieux ont repris le pouvoir à l'Est ? Que le nombre des suicides a fortement augmenté à l'Ouest ? Que le Nord est bloqué par la neige ? Que le Sud se désertifie à vue d'œil ?

Ce Chinois est bizarre. Il prépare sa soupe, son bol de riz, sa cruche de vin. Il repense aux chevaux et aux chars qu'il a vus en rêve. Il note : « Le corps obéit à la causalité, l'esprit saute les degrés de l'éveil. » Et aussi : « La lune brille à travers les pins, la source grise coule parmi les pierres. » Il respire un grand coup, il s'assoit, il est content. La jeune femme qui vit avec lui a déjà dîné, et joue pour lui du luth. L'air s'appelle « le bois des rêves et des nuées ». Elle lui sourit, elle s'incline, ils s'aiment. Le morceau suivant, très bref, a pour titre « l'oiseau rejoint son vol sans désordre ». En effet. On est à la maison, on a chaud, le feu brûle dans la cheminée, le vent s'est levé dehors, le Chinois peut même penser sans regret : « La lampe rouge illumine mes cheveux blancs. » Une fois jouée, la musique ne s'en va pas. C'est le moment de noter : « La vie se fait liberté sans restes. »

Le lendemain, à sept heures, après une nuit de pluie sous la natte, de nouveau le soleil. « À la couleur du soleil, le bleu des pins fraîchit. » Aussitôt après : « La fonte des mirages engendre l'ouragan sur la terre. » En résumé, s'il y a des désordres, c'est parce que des illusions s'écroulent. Vue comme ça, l'Histoire, ou ce qu'on appelle ainsi, devient naturelle, affolements de fantasmes usés, fumées, intoxications, tornades, cyclones, typhons. On ne sait pas ce qui vient là, on s'en fout, on passe, on se faufile un peu plus loin dans le noir, le jour reparaît, les cailloux brillent, les rues, le matin, sont pleines de dormeurs éveillés. On les croise, personne ne voit personne, les seuls visages expressifs sont ceux qui téléphonent sur leurs portables, voilà un homme amusé, une fille tendre. Le monde et moi nous formons un ensemble vide. En chinois : « J'ai connu tard le principe de pureté, chaque jour m'écarte de la foule. » À l'écart : avant de venir ici, Maud et moi, on a passé beaucoup de temps dans les parcs, les forêts. On est restés assis dans des tas de clairières, il y a tout ce qu'il faut dans les environs des villes, Versailles, Fontainebleau, Rambouillet, Saint-Cloud, chut, ne nous dérangez pas, on s'esquive. Le Chinois : « Fleurs en grappes de beauté, l'oiseau de la vallée lance un cri de silence. » Un cri de silence, voilà, c'est la voie. « Les oiseaux sont les habitants de l'esprit, parler leur langue est possible. » Ou encore : « Nul ne s'égare dans le ciel de l'esprit. » Sans doute, mais où est le ciel ? Où vole l'esprit ?

Reprenons la marche, ici, sur la droite : « Le pont est un arbre couché et la palissade est ficelée de lierre. » Une pause de l'air a eu lieu, la voix des oiseaux est parfaitement paisible. C'est le moment de noter à la fois « la Voie demeure, on ne s'oublie jamais » et « les traces changent, on peine à se revoir ». Le mot *pavillon* va revenir plusieurs fois, normal puisqu'on est à sa recherche. Il est caché dans les arbres, jaune, bleu, or, écarlate, il fait penser à une oreille au milieu des branches, on ne le trouve que par hasard, aucun chemin ne mène à lui, il est là, soudain, pour qui le mérite. Je l'ai entrevu trois fois, ce qui est beaucoup, dont une fois en rêve. Y entrer voudrait dire disparaître à jamais de ce monde soumis au temps, aux saisons, être enfin le même « au cœur de l'inextricable ». Le Chinois l'a vu, il l'a surnommé « l'hôtel de la Joie Tranquille », une seule étoile, mais vaste et flamboyante, pas du tout aveuglante, pourtant, signal de repos. C'est pourquoi il note : « Venue en silence, la Déesse n'a rien communiqué. » Parfait : rien à dire. Un état sphérique, c'est tout. Quelque chose est venu, n'a rien dit, se retire, l'étoile maintenant se lève à l'horizon, on écrit seulement que « le soir éclaire les mûriers et les ormes », ou que « les montagnes ont frissonné au soleil ». Immédiatement l'enveloppement d'image est là, pas la photo, la peau de l'image. On peut ajouter « Barque sur le grand fleuve, eau profonde vers le lointain », et tout sera bien, surtout si « les nuages du soir s'étalent ». Quel jour est-on ? Qui sommes-nous ? Qui est-on ? Qui suis-je ? Une pression de ta main me répond.

Une autre fois, le soleil blanc sera flou dans la brume, il y aura des claques de pluie sur les pins et des bulles d'eau dans le gravier de la cour. La cour est profonde, et, parfois, elle est fatiguée du jour. Que veut dire notre Chinois avec cette sentence : « Qui boit tous les jours à la Source d'Or vivra au moins mille années » ? Qu'il s'est éteint vers la fin du XVIIIe siècle de notre ère ? Possible. Une mélancolie nacrée imprègne certaines de ses phrases : « Cœurs en deuil à l'hôtel du Bonheur lumineux, Œil brisé à la terrasse de l'Astre songeur. » Il n'est pas nécessaire de lui demander des précisions, sauf celle-ci : « Un matin, on s'éveille vieux de dix mille ans devant la plaine noire de cyprès. » Ça lui est donc arrivé, ce n'est pas grave. D'autant qu'il reprend aussitôt : « Le poème de la vierge pure est éternel, la loi des grandes dames durera. » Mais oui, gardons espoir, attendons la suite.

Parfois, on a l'impression qu'il est en avion, en train de regarder « le damier des champs sous la mer des nuages ». Ou bien qu'il a été autrefois de garde près de la Muraille : « Il neige à la passe de la montagne, les feux d'alarme se sont éteints sans fumée. » Il est là, il guette, il observe : « Le Fleuve glisse un bras par le défilé », ou bien « Par-delà la montagne le vide semble un trait ». Ou encore : « Le vent roule la pluie à l'ouest du rempart, le soleil rentre au village en traversant la plaine. » Qu'est-ce qu'il entend brusquement par « Bleu loisir » ? Je n'en sais rien, mais mon corps l'approuve. Est-ce en passant la Porte bleue qu'on découvre comment « la joie de l'air soutient le paysage » ? Mais oui, bien sûr, j'y étais, j'y suis, j'y serai de nouveau demain. Prudence, mais je comprends comment le voyageur a pu s'écrier : « Pensez à moi pour l'étude des Transformations ! Qu'on vienne me chercher s'il faut écrire des romans ! » On pense à toi, on vient te chercher, ici, dans la nuit tombante, au début du troisième millénaire, ou du moins de ce que nous appelons ainsi. Bonsoir, la paix soit avec toi, un verre de vin en hommage au pavillon immortel. « Le Grand Tao n'a pas d'au-delà, la Longue Vie n'a pas de limites. »

Pas de rocher ni de cascade, chez nous, pas de tourbillons verticaux, rien que le roulement de l'océan, là, à droite. Les jours de grand vent et de hautes vagues brisantes, on ne s'entend pas parler sur la plage, c'est amusant de se crier des mots simples dans le souffle salé. En revanche, les périodes de grand calme sont consacrées au bleu clair et à la nuit. « Le ciel ne revient pas sur ses pas », soit, mais les constellations et les galaxies le mesurent. Si la lumière brille, là-bas, en Chine, « les toits des palais s'envolent en reflétant les arbres ». Mais ici aussi, l'esprit du ciel est « comme toit et plancher ». À la fin de 741 a eu lieu l'inauguration de l'ère du « Joyau Céleste », « de ce jour et pour des milliers d'années ». Il suffit de décider, malgré toutes les preuves du contraire, que nous sommes toujours dans son orbe. C'était hier, la fête a à peine commencé, « l'ouïe jaillit des quatre portes au loin ». Vous n'entendez rien ? Ce n'est pas ma faute.

Vous n'entendez rien, vous ne voyez rien, par conséquent à quoi bon vous dérouler ici un lavis à l'encre ? À quoi bon vous prévenir que le printemps, l'été, l'automne, l'hiver naissent au bout du pinceau ? On vous montre une étoile, vous regardez le doigt. Ce doigt vous déplaît, vous obsède, vous empêche de vivre. Vous coupez le doigt, l'étoile est encore là. Prenez un télescope, si ça peut vous rassurer. Allez chercher, je ne sais pas, moi, dans la Chevelure de Bérénice, les Chiens de Chasse, la Grande ou la Petite Ourse, le Serpent en tête ou en queue, la Vierge, la Couronne boréale, la Balance, la Lyre, l'Aigle, l'Écu, le Sagittaire, le Capricorne, le Verseau, le Petit Cheval, le Dauphin, la Flèche, le Petit Renard, le Cygne, Pégase, le Lézard, Andromède, les Poissons, le Triangle, Persée, la Girafe, le Lynx, le Petit Lion. Tentez aussi votre chance dans le Dragon, Céphée, Cassiopée ou Ophiucus, près de l'équateur. Hercule, peut-être ? Ou la Capella, au nord ? Antarès au sud ? Arcturus à l'ouest du Bouvier ? Deneb, Véga, Altaïr au centre ? Mirach ou Almak tout à l'est ? Eltanin au zénith ? Après tout, nous ne sommes que dans un coin de la Voie lactée, disque de 100 000 années-lumière, avec 200 à 400 milliards de ponctuations étoilées. Vous avez un petit problème de santé ? Un infarctus, un cancer évolutif, une carie, un abcès, une diarrhée ? Un chagrin d'amour ? Un doute sur l'existence de Dieu ? Une déception électorale ? Un redressement fiscal ? Un problème d'identité, de sécurité ? L'émission de ce soir ne vous a pas plu ? Vous préfériez celle de la semaine dernière ? Vous avez oublié vos produits de beauté ? Vous êtes en train de mourir ? Quel dommage, combien de royaumes vous auront manqué.

Le Chinois du VIIIe siècle rentre chez lui par très beau temps en pensant que le plus grand carré n'a pas d'angles. Une nouvelle liberté l'habite. Il voit une barque de pêcheur rasant l'eau, il imagine les sommets des montagnes comme étant des hôtes se précipitant à la rencontre de leurs invités. Il côtoie le torrent et l'arbre planté à pic sur son bord. Il note que le ciel distant et les eaux mêlent leurs lumières. Il finit ainsi : « Les tours et les pavillons à terrasses, qui ont leur place dans les terres planes, renvoient obliquement la lumière des grands saules. » Quelque chose l'a rejoint, s'est dissous en lui. Il n'a pas l'impression d'avoir vécu en vain. Sa jeune femme du soir le salue au loin de la main.

L'amusant, c'est que la plupart croient que l'événement les attend ailleurs, là où ça s'est passé pour d'autres. Ils vont dans l'Himalaya, au Tibet, au Népal, au bord du Gange, à Jérusalem, à La Mecque, à Rome. Ils pèlerinent, récitent des textes, prennent des photos, filment, font semblant de méditer. Si je leur demande tout à coup, un soir d'été, où se trouve la Grande Ourse dans le ciel, ils hésiteront avant de répondre. Encore plus si je les prie de me décliner le nom des sept étoiles qui composent cette constellation. Très vilains noms, d'ailleurs, on dirait qu'ils ont été donnés par un astronome taré et sourd : Dubhe, Mérak, Phecda, Mégrez, Alioth, Mizar, Alkaïd. Identique laideur voulue pour la principale étoile de la Petite Ourse, Kochab, même si ça s'arrange un peu avec Polaris. Impossible de désirer ces divinités, de les voir danser sous leurs voiles. Mais après tout, personne n'est obligé d'accepter non plus les mots « Terre », « Soleil », « Lune », « Jupiter », « Saturne », « Mars », et le reste. On veut me cacher la musique des sphères, c'est évident. On veut me capter, me satelliser, me numériser, alors que je ne suis que poussière. On me renvoie une image qui n'a rien à voir avec moi. Des millions de grains apparemment vivants s'agitent, ont des problèmes de survie, de frontières, vont, viennent, travaillent, baisent, se tuent, prennent des avions, des trains, des métros, et ne lèvent jamais la tête pour voir ces trois merveilles affreusement baptisées, Alioth, Alkaïd, Kochab. Ou bien furtivement, en bateau, sur un pic rocheux, dans la neige. Ils ne voient pas davantage leurs propres yeux ou les yeux qui sont devant eux. S'ils les voyaient, peut-être auraient-ils peur ? Peut-être seraient-ils saisis de vertige ? Peut-être liraient-ils ce qui est écrit ?

Il est cinq heures de l'après-midi, Maud écoute *Mood Indigo*, un air de Lawrence Brown (trombone) enregistré par Duke Ellington et son orchestre à New York le 7 janvier 1945. Je joue intérieurement avec son prénom : Maud, modèle, modelage, modalité, module, modem, modulo, modulation, modification. Et puis aussi mode, maudite, modération, moderne.

Trois mouettes flottent sur l'eau bleue, j'embrasse ses cheveux, je sors.

Le prochain disque sera un Charlie Parker, « The Bird », l'Oiseau. Il y en a des tas, dans la vieille armoire, à gauche. Plein ciel, celui-là, acrobate en feu.

Les étoiles, les oiseaux, l'air, les mots : c'est notre voyage.

— Un livre entier sur la jouissance d'exister ? Vous êtes fou ! Aucun succès !

— Pas sûr.

— Mais si. Je vais vous dire ce qu'il faut : une histoire douloureuse sur les impasses de la vie contemporaine. Une jeune femme est là, perdue dans la ville. Sa mémoire est brouillée, elle croit soudain reconnaître sa mère, disparue sans laisser d'adresse, dans une passante se hâtant sous la pluie. La passante entre dans une pharmacie, elle en ressort presque aussitôt sans avoir rien acheté, bien que la pharmacie soit vide. L'héroïne, Marie, la suit dans des rues de plus en plus étroites et lointaines. La vraie-fausse mère est accostée par un homme entre deux âges, ils ont l'air de se connaître mais ce n'est pas sûr, ils s'éloignent ensemble, la pluie s'interrompt, un accident a lieu, Marie est bloquée dans un ascenseur. Surtout, tenez le fil. Rencontres équivoques, dialogues simples et mélancoliques, un ou deux cauchemars, mais pas trop. Un désir de suicide rampant. La mère, bien entendu, a fui un père coupable, traître, escroc, drogué, alcoolique, un milieu écrasant, un épicier au grand cœur, la foule somnambule, des signaux trompeurs. Continuez comme ça pendant deux cents pages. Faites éditer aux Éditions Nocturnes ou chez PAL. C'est dans la poche, vous avez le prix Euroblême, vous êtes aussitôt traduit en vingt-cinq langues, célébré de Vladivostok à Quimper. L'adaptation cinéma suit, elle est bouleversante, avec Marlène Poulou dans le rôle principal. En même temps, mais de l'autre main, vous publiez la vie intra-utérine d'Amélie, la mère de Marlène, ou les souvenirs de son ancien amant dans les bordels d'Asie. Personne ne peut deviner qu'il s'agit du même auteur, vous gagnez sur les deux tableaux, humanisme foncier d'un côté, particules défoncées de l'autre. Vous faites la couverture des *Inconvertibles*, vous êtes le personnage-culte du jour, vous incarnez à la fois la modestie laborieuse et la misère luxurieuse. Résumons : soit vous souffrez d'un trouble d'identité, soit vous êtes libéré et décomposé. Phrases courtes, vocabulaire courant, pas de jeux de mots, pas de références culturelles, vous êtes moyen dans un univers moyen, vous vous adressez à la lectrice moyenne voulant devenir un lecteur moyen. Le tout dépressif naturalisé, style traduit colonisé, photo, publicité, vieux produit nouveau, changez la photo, même critique toute prête, bingo.

La couverture des Éditions Nocturnes est verte, avec, comme logo, un croissant noir. On murmure, dans la profession, que leurs propriétaires ne sont pas sans rapports anciens avec les Émirats arabes unis, et certains vont jusqu'à soupçonner en eux un tentacule direct du terrorisme saoudien ou pakistanais. Quant aux éditions PAL (initiales de leur directeur-notaire Paul-Armand Lecouvreur), elles ont été surnommées, par de mauvais esprits, les éditions Plainte-Angoisse-Lourdeur. Lecouvreur lui-même servirait de couverture aux Services irako-iraniens, sans parler de l'axe plus probable somalo-yéménite. On le rencontre souvent à New York ou à Francfort, villes où il possède des appartements très au-dessus de ses activités officielles. De temps en temps, il passe par Jérusalem, mais il serait imprudent de se demander pourquoi.

En réalité, les buts convergents et secrets de ces deux entreprises semblent être de désespérer au maximum l'habitant des régions tempérées. Ce ne sont que romans cafardeux, appliqués, minimalistes, pseudo-policiers, parfois d'un humour désenchanté et gris qui rend leur lecture encore plus pénible. Les noms des auteurs sont tellement franco-français qu'il ne peut s'agir que de pseudonymes choisis à Bagdad, Téhéran ou Kaboul : Bourde, Chenillard, Lagarde, Gaillou, Lanson, Michard, Boudiard, Troussard, Graccard, Grillard, c'est toute une paysannerie cocasse imaginée dans des mosquées lointaines qui se lève ainsi dans la prose hexagonale comme des chevaux de labour. Pourtant, les grands inspirateurs de cette région ont été deux indigènes internationalement célèbres. Convertis en secret à l'islam, leurs textes cryptés, déchiffrés depuis seulement quelques années, ont eu une grande influence sur les esprits provinciaux. Leur livre commun, *L'Introuvable*, a fait un tabac. Livre répétitif, énervant, accablant, mais prophétique, tout imprégné d'accents bibliques habilement détournés. Le message principal est que la littérature n'a pas d'autre but que sa propre disparition. La démonstration s'ensuit : des clochards surchargés errent dans des ruelles sinistres, se réfugient dans des poubelles, miment les damnés de Dante pétrifiés par le froid. Tout n'est que ruines, ascèse inutile, dernier soupir, paralysie rampante, bribes de souvenirs désastreux, éjaculations indéfiniment retardées, aphasie montante, charabia guttural, labyrinthes idiots inventés par un Dieu sénile. Une voyante apparaît : elle marche sur une plage du Nord, tombe amoureuse d'un homosexuel fatigué, s'emballe, apostrophe le large, prend parti, fulmine, prétend avoir vécu à Louxor sous la dix-huitième dynastie, publie un roman, *Châtrer, murmure-t-elle*, qui remporte aussitôt un immense succès. Elle bénéficie, aux Éditions Nocturnes, de l'appui efficace d'un ancien contrôleur aérien reconverti dans l'action occulte. Ils organisent ensemble un phalanstère rigoureux, sorte d'ashram planqué derrière une mosquée elle-même camouflée en synagogue se présentant comme bordel à étapes. La secte se développe, recrute parmi des employés ou des immigrés, fonde la fameuse famille des Nocturnes où chacun et chacune est plus ou moins la cousine ou le cousin de chacune et chacun. Il y a un halo Nocturnes, un style Nocturnes, une façon de se taire Nocturnes, une commune origine modeste, réservée, effacée, une culpabilité originelle non dépourvue de prétention, au contraire. Pour les Nocturnes, la vie est une épreuve privée de sens, un haussement d'épaules continuel, une farce macabre, une dissolution anticipée, une dérision, une migraine. Les auteurs Nocturnes passent parfois chez PAL pour quelques fugues parasexuelles, mais le trajet inverse est impossible. Un PAL ne devient jamais Nocturnes, on n'entre pas dans la vraie famille en venant d'ailleurs. On est élevé sur place, on fait caisse commune et urnes communes, on est solidaire, on ne s'appartient pas.

Le décryptage des inspirateurs du mouvement a demandé un certain temps, du fait des nombreuses complicités dont ce dernier bénéficiait dans le milieu scientifique et universitaire. Cela se comprend : destruction de l'Europe au XXe siècle, persistances totalitaires, soutien ambigu de l'ambition Nocturnes par les États-Unis cherchant à prendre pied dans les rouages d'un continent dévasté et ne résistant pas, comme d'habitude, à passer des alliances contre nature. Le consortium Nocturnes a d'ailleurs mené une politique habile en direction des écrivains et des intellectuels négligés par la tarte académique, de la presse contestataire, des libraires, des frustrés, névrosés ou pervers modérés, des incultes à prétentions, des désespérés automatiques, des désirs embrumés de la classe moyenne. L'aspect essentiellement religieux de cette activité a donc été longtemps ignoré. Il a fallu les travaux de quelques pionniers pour lire enfin les messages codés renfermés dans les livres (et souvent introduits, au dernier moment, à l'insu des auteurs eux-mêmes). Tel passage anodin de description de bord de mer contient, en réalité, des instructions précises, telle mise en scène pornographique un lieu de rendez-vous, telle pseudo-intrigue policière ou de science-fiction un message pour initiés. En fait, on retrouve le Coran un peu partout, à chaque page. Sourates enrobées, appels au sacrifice, pessimisme messianique, annonces d'apocalypse forcée parsèment ces élucubrations romanesques apparemment gratuites, mais construites sur le même programme de minaret. Le professeur Chopinski, de Yale, a merveilleusement démontré cela, à quoi bon y revenir ? Je renvoie à son étude *Les Éditions Nocturnes, un épisode peu connu de la guerre de l'ombre*, publiée à New York aux éditions du World Symbolic Center.

— Donc, la jouissance d'exister...

— Mais oui. Je ne connais pas d'autre grâce que celle d'être né. Un esprit impartial la trouve complète.

— Salaud.

— Pauvre type.

La nouvelle vient par Maud au téléphone, le bateau est enfin arrivé. Les amis sont là, ils ont un peu tardé à cause de vents contraires, mais ils viennent de s'amarrer à dix kilomètres. On y va.

Le beau *Stella degli amanti*, blanc, se balance à peine le long du quai. Beau temps là-bas, en Italie ? Oui, rien à signaler. Dîner.

Le *Stella* a une histoire que je raconterai peut-être un jour. On y chante souvent, maintenant, puisqu'une musicienne le possède. Elle va dormir chez nous, dans l'île, avant de prendre l'avion, demain, pour Paris. Protège ta gorge, trésor, attention à la nuit.

Selon les Chinois, la Grande Ourse est un hôtel sept étoiles. On le voit admirablement d'ici.

C'est le matin, très tôt, la chanteuse est réveillée, moi aussi. On se retrouve à deux dans la cuisine, le taxi vient la chercher dans une heure. Peu de temps pour un adieu, elle boit son café, elle a autour du cou son foulard de soie bleu de la veille, on s'embrasse tout de suite, qu'y a-t-il d'autre à faire ? Son sac de voyage est prêt, Maud dort, on va faire un tour sur la plage, et on s'embrasse et on rit, et on s'embrasse encore, et j'aime son souffle quand elle dit drôlement « douceur ». En italien, c'est plus beau, « *dolcezza* », mais en français, et avec l'accent, c'est moins sucré, plus profond, plus près du cœur, on peut même entendre qu'après tout je suis doux comme une sorte de sœur. Cerise au soleil levant, la journée sera longue. Et toi aussi tu es ma douceur, substance de plus en plus rare par les temps merdiques qui courent, justement à cause de ta souplesse, de ton énergie. Dieu soit avec toi, grande petite boule, avec tes jambes, tes cuisses, ton cul, tes poumons, ton ventre, tes seins, ta gorge, ta voix, tes mains. Encore un peu dans la bouche, bien à fond, trente secondes, donne-moi ton feu, ta salive. Encore. Pense parfois à moi quand tu chanteras, comme je pense à toi, le soir, en écoutant un de tes disques, magicienne saisie par l'ivresse, et tu sais bien que la lune et l'océan et les arbres t'écoutent, puisque tu les appelles en toi au moment de plonger dans les notes, mouette rieuse folle devant les somnambules des salles de concert. Attention, Maud arrive, pas de courts-circuits, gaieté, seulement gaieté, un autre jour, peut-être, peut-être pas, peut-être jamais, tourbillons du peut-être. Le taxi klaxonne, au revoir, à bientôt, *addio.*

Ces moments n'en finissent plus, ils sont au conditionnel ou au conditionnel passé, on aurait pu, on aurait dû, mais non, c'est encore meilleur d'être interrompus, avion ou train à prendre, rendez-vous impossible à manquer, habitudes, enfants, sentiments, sécurité, travail. Ils viennent en rafales, ces baisers plus ou moins volés dans les aéroports, les gares, les parkings, les jardins, les rues, les couloirs. Je te revois sous la neige, en Suisse, petit avion de campagne, retard, montagnes, « n'attends pas », « va-t'en », « mais non, j'attends avec toi », genoux contre genoux, regards joyeux désolés, les mains, de nouveau, les lèvres. Trop ivres, dans la nuit, pour faire l'amour, et voilà, il faut franchir cette frontière, maintenant, pas plus tard. Et toi, surprise au dernier moment, bouche qui s'ouvre, laisse passer la langue, pas du tout le baiser à la russe de la bonne et franche camaraderie, mais l'intention, le venin, la mauvaise pensée toujours inattendue et profonde. Et puis en voiture, là, dans la contre-allée, ou dans le petit chemin, tu te souviens, presque devant les autres (mais ils n'ont rien vu, il fait noir, juste un éclair). Et toi encore, en rêve, je suis sûr que tu as eu à peu près le même, une telle coïncidence, un tel accord de draps et de chuchotements sont forcément partagés. La même nuit ? Peut-être pas, mais, finalement, c'est la même, les amants vivent dans leur propre nuit. Toi donc, qui étais là depuis si longtemps, et soudain. Mais pas plus loin, ça nous entraînerait dans de fausses obligations et des rôles dont on n'a que faire. C'est déjà assez compliqué comme ça, avec toi il faudrait tout recommencer, apprendre la langue du pays, s'organiser, la barbe. Bouffées de désir, comme ça, pour voir, la montée, le frisson, le parfum, l'image. Juste ta main sur mon sexe durci, comme si de rien n'était. Mais ton rire a changé.

Dis-moi « vous », maintenant, il va y avoir du monde.

Possible, impossible, les situations, la chance. Peut-être qu'on ne décide rien, qu'on ne choisit rien, que tout est moulé d'avance ? On est en retard sur ce qui est là, voilà. Je prends ta main sous le traversin, tu respires, tu es vivante. Une fois de plus, je me lève doucement, je descends l'escalier, et une fois de plus je sors dans le jardin la nuit pour le surprendre, et une fois de plus je vois la lune un peu boursouflée d'eau comme une cloque de peau après une brûlure, et une fois de plus je sens l'odeur des pins, de l'herbe mouillée, de l'iode, et une fois de plus le gravier glisse et pique sous les pieds nus, et une fois de plus je me demande ce que respirer veut dire. Je vais jusqu'à mon bureau, j'allume la lampe, je vois des mots devant moi. Quel jour sommes-nous ? Samedi. Le mot *samedi*. Ça me dit. Dimanche est déjà dans ma manche. Lundi se redit. Mardi, mercredi, jeudi, vendredi, que de dits. La semaine me sème, me mène. Ce mois n'est pas moi. Cette année n'est pas encore née. Plus de siècles. Janvier dans l'évier. Février, fièvre, rire, rêver. Mars comme un bon comparse. Avril, revoilà le fil. En mai tu seras aimé. Juin, eau de l'un. Juillet pour briller. Août, complètement out. Septembre, novembre, décembre, avale ton gingembre. En octobre sois sobre. Le temps, l'or du temps, son orient, non pas hors du temps, dedans. Écrire la nuit est une onde que l'océan comprend. L'océan est un immense tympan. Un dieu Pan.

Je reviens, je me couche, je prends ton coude, ta main. Tu es un galet de la plage.

Les fous du passé se sont organisé des visions grandioses :

« Enfin, comme pour terminer la guerre, il mit son armée en ligne de bataille sur le rivage de l'océan, et disposa balistes et machines, sans que personne connût ou soupçonnât ce qu'il allait entreprendre. Tout à coup, il ordonna qu'on ramassât des coquillages et qu'on en remplît les casques et les poches. C'étaient, disait-il, les dépouilles de l'Océan, elles étaient dues au Capitole et au Palatin. Il éleva, en commémoration de sa victoire, une très haute tour, où des feux brillaient, comme ceux d'un phare, pour régler dans la nuit la course des vaisseaux. Il annonça aussi aux soldats une gratification de cent deniers par tête, et, comme s'il eût dépassé tout exemple de libéralité, il leur dit : “ Allez-vous-en joyeux, allez-vous-en riches. ” »

Voilà un poète. Un autre fait fouetter la mer comme une esclave par son armée pour se venger d'une tempête. Ceux-là vont droit à l'absurde et à son enseignement par la force. Ces grands criminels étaient inspirés. Ce sont maintenant de simples hommes d'affaires à vies obscures, comploteuses, économes, restreintes. Ils se saoulent rarement, évitent la débauche, parlent souvent de Dieu, se laissent surveiller par leurs femmes et leurs employés, ne lancent plus de blasphèmes contre la prison du cosmos, se couchent tôt, accumulent, font tuer de loin sans plaisir, l'air soucieux, occupé, raide. Gouverner des empires et des chiffres leur suffit. Ça défile, ça s'empile, ça disparaît, ça fonctionne. Comme on est loin de la démence, et pourtant comme c'est fou. Supposons un maître du monde se conduisant ainsi :

« Il entretint avec toutes ses sœurs un commerce honteux ; dans les grands repas, il les faisait placer tour à tour au-dessous de lui, tandis que sa femme était au-dessus. On croit qu'il souilla Drusille alors qu'il portait encore la prétexte, et qu'il fut même surpris avec elle par son aïeule Antonie, chez qui on les élevait tous les deux. Il la maria bientôt à Lucius Cassius Longinus, personnage consulaire, la lui enleva, et la traita publiquement comme son épouse légitime. »

Et voici, à Capri, un curieux metteur en scène : « Dans sa retraite de Captée, il alla jusqu'à se ménager un boudoir, théâtre de ses débauches secrètes ; il y rassemblait de toutes parts des troupes de jeunes filles et des mignons, et des inventeurs d'accouplements monstrueux, qu'il appelait spinthries, pour qu'enlacés en une triple chaîne ils se prostituassent mutuellement devant lui, afin de ranimer par leur spectacle ses désirs défaillants. Il avait installé en plusieurs endroits des chambres ornées de tableaux et de statuettes représentant les scènes et les figures les plus lascives, et pourvues des livres d'Elephantis, afin que, pour les postures qu'il ordonnait de prendre, aucun modèle ne vînt à manquer. Dans les forêts et les bois des environs, il consacra çà et là des asiles à Vénus, et distribua dans les antres et les cavernes rocheuses des groupes formés par la jeunesse des deux sexes, habillés en capripèdes et en nymphes : aussi, en jouant sur le nom de l'île, l'appelait-on publiquement et communément Caprinéen. »

Non, non, vous n'êtes pas chez le marquis de Sade, mais en plein dans l'antiquité romaine.

Ces scènes *ont eu lieu*, ce qui en fait, au choix, le charme ou l'horreur. Tibère et Caligula ne sont pas assez connus. Leurs activités, avec passé simple et imparfait du subjonctif, prennent un relief fabuleux, même si les détails les plus précis manquent. Voici tout de même un solide humaniste :

« Tout grief était considéré comme capital, même quelques simples mots étaient criminels. On reprocha à un poète d'avoir, dans une tragédie, accablé d'outrages Agamemnon ; on reprocha également à un historien d'avoir appelé Brutus et Cassius les derniers des Romains. On sévit aussitôt contre ces auteurs, on détruisit leurs écrits, quoiqu'ils eussent été approuvés nombre d'années auparavant, en présence d'Auguste. On enleva à certains prisonniers non seulement la consolation de l'étude, mais encore la possibilité de la conversation et de la causerie. Parmi ceux qui étaient appelés pour plaider leur cause, les uns se blessèrent eux-mêmes dans leurs maisons, sûrs d'être condamnés, pour éviter la torture et l'ignominie ; les autres avalèrent du poison en pleine Curie ; mais on bandait leurs plaies, et on les jetait en prison à demi morts et palpitants. Tous les suppliciés furent jetés aux Gémonies et traînés par un croc. Vingt y furent ainsi traînés et jetés en un seul jour ; et parmi eux il y avait des enfants et des femmes. Quant aux vierges, comme l'usage et la tradition interdisaient de les étrangler, elles étaient d'abord violées par le bourreau, puis étranglées. On forçait à vivre ceux qui voulaient mourir. Car Tibère regardait la mort comme un supplice si léger qu'ayant appris qu'un prévenu, nommé Carvilius, avait devancé le bourreau, il s'écria : " Carvilius m'a échappé ! " Un jour qu'il visitait les prisons, il répondit à quelqu'un qui le priait de hâter son supplice : " Je ne me suis pas encore réconcilié avec toi. " »

Sacré Tibère. Mais Caligula n'est pas mal non plus :

« Il condamna aux mines, aux travaux des routes ou aux bêtes une foule de citoyens honorables, après les avoir flétris de stigmates honteux, ou en enferma dans des cages où ils étaient obligés de se tenir à quatre pattes comme des bêtes, ou en fit scier par le milieu du corps. Ce n'étaient pas tous pour des motifs graves, mais pour n'avoir pas été contents d'un de ses spectacles ou pour n'avoir jamais juré par son génie. »

Et d'ailleurs, c'est Caligula le grand artiste, beaucoup plus que Néron, célébré de façon obsessionnelle par Hollywood.

La preuve :

« Il se baignait dans des essences chaudes et froides ; il avalait, après les avoir fait fondre dans du vinaigre, les perles les plus précieuses, il servait à ses convives du pain ou des mets d'or, aimant à dire qu'il fallait “ être un homme sobre, ou César ”. Bien plus, il jeta au peuple pendant un bon nombre de jours, du haut de la basilique Julia, des pièces de monnaie qui représentaient une assez grosse somme. Il fit même fabriquer des liburnes à dix rangs de rames, avec des poupes ornées de pierreries et des voiles de diverses couleurs, pourvues de bains chauds, de galeries et de salles à manger très spacieuses, et même de vignes et d'arbres fruitiers de toute espèce — c'est là qu'assis à table, en plein jour, au milieu des chœurs et des symphonies, il parcourait les côtes de la Campanie. Dans la construction de ses palais et de ses maisons de campagne, toute autre considération était pour lui secondaire, il ne recherchait rien tant que ce qui passait pour irréalisable. C'est ainsi qu'il jetait des digues dans une mer orageuse et profonde, taillait des rochers de la pierre la plus dure, élevait des plaines à la hauteur des montagnes, abaissait les cimes des pics au niveau des vallées, et tout cela avec une vitesse incroyable, car tout retard était payé par le châtiment capital. Pour tout dire d'un mot, il dépensa en moins d'un an d'immenses richesses et tout le trésor de Tibère qui se montait à mille milliards sept cents millions de dollars. »

On sort de ces lectures scolaires un peu titubant, en trouvant logique l'apparition du christianisme qui, en somme, doit être refondé tous les deux mille ans. Yeux crevés, mains coupées, sexes brûlés, poignards, poisons, crucifixions, noyades, précipitation dans la mer du haut des falaises, têtes tranchées, enfoncement de petits bouts de bois dans les oreilles, extraction de la moelle épinière, éventrements, empalements, étalages de cervelles et de viscères, hurlements, étouffements, pendaisons, viols, bûchers, guillotines, enterrements vivants, chambres à gaz, chaises électriques, injections létales, sodomisations à la bouteille — la nouvelle religion n'avait qu'à se présenter pour ramasser la monnaie. Faire mieux que *romain*, difficile. Voilà nos ancêtres, si on tient à dire « nous ». Mais, dites-moi, l'Inquisition, les Croisades, le bal des sorcières ? Peu de choses, en vérité, par rapport au cirque antérieur. Rompre avec le Crime demande des siècles, nous n'en sommes qu'au commencement. Ne parlez pas de « nos vies », laissez-nous tranquilles, nous qui n'avons pas envie de dire « nous », puisque tu as ta vie, moi la mienne, et que je tiens même à avoir plusieurs vies à la fois et successivement, et dans tous les sens : *mes vies.* Un enfant est plein de vies différentes, qu'il finisse par n'en avoir qu'une signifie son acceptation de la prison sociale et de ses gardiens, rien d'autre. Il a été irréaliste, il a demandé le possible, donc la mort a gagné une fois de plus : l'ennui.

Maud, mon amour, tiens-toi à l'impossible, comme si tu pouvais voir tout ce que les yeux ont vu, les oreilles entendu, les narines senti, les langues goûté, les mains et les pieds touché, un ciel de terreur, de délices. On invente une sainteté nouvelle, là, ici-bas. Et encore là. Navigation à l'étoile.

Tu la vois en toi, l'Étoile, malgré les trous noirs, la pluie, l'hiver, l'orage ? En pleine ville, dans les souterrains, les tunnels, sous le béton, par-delà les toits ? Ce n'est pas une lumière, mais l'idée de la lumière, bien qu'« idée » soit un mot piégé et qu'il vaille mieux parler d'une chaleur visible, d'un roc, d'une colonne. Le soleil, maintenant, arrive sur la page, ma main glisse, j'écris avec la plume de l'ombre, ma joue et ma tempe gauches enregistrent le lent mouvement de midi. Tu apparais entre les lignes, pas du tout imaginaire, réelle, mais *en plus vif*. Tu es dans un autobus à Paris, il pleut, tu parles dans ton téléphone portable, tu es fatiguée, tu as travaillé toute la journée, tu rentres dans ton appartement de la rue Saint-Jacques, encore une soirée de foutue en perspective, avec bavardages, faux rires, faux désirs, évaluations, malveillances, mensonges. Oh, rien de grave, la routine des pays dits développés observant de loin le malheur et l'enfer des autres. Des amis, des amies ? Chacune et chacun fait vite tourner son disque publicitaire, noyau dur récité par cœur. La porte se referme. Tu te déshabilles, tu prends un bain, tu lis un peu en peignoir sur ton lit. Quoi ? Ce qui suit.

Je ne te dis pas d'où ça vient, je transcris l'émotion directe.

Écoute :

« Perle, grande sphère creuse, brume sur le lac nappé de soleil. » Ou bien : « Clarté, nous t'évoquons depuis le labyrinthe. » Ou bien : « Pin contre le tronc noir de son ombre, et sur la colline troncs noirs d'ombre, les arbres ont fondu dans l'air. » Ou bien : « Dans toute femme, plus ou moins, la tendresse perce à travers la hargne. » Ou bien : « Les montagnes et le jardin clos de poiriers en fleur sont ici en paix. » Ou bien : « Tandis que les grappes gonflent à l'abri des feuilles. » Ou bien : « Le tapis des aiguilles de pin dans la lumière rouge. » Ou bien : « Le champ bleu se mélange à la coulée nuageuse. » Ou bien : « Le problème, après toute révolution, est de savoir quoi faire de ses tueurs. » Ou bien : « Les graines de la mort traversent l'année. » Ou bien : « J'ai eu la dureté de la jeunesse pendant soixante ans. » Ou bien : « Ce que tu aimes bien demeure, le reste est déchet. » Ou bien : « Les racines descendent vers le bord de la rivière, et la cité cachée monte vers l'ivoire blanc sous les abois. » Ou bien : « Quand l'esprit rêve auprès d'une herbe, une patte de fourmi peut vous sauver. » Ou bien : « Lune du matin contre soleil levant, comme sur l'une des plus belles monnaies grecques. » Ou bien : « Car ils font une guerre sans pitié à la contemplation. » Ou bien : « Étudie avec l'âme d'un petit-fils, et observe le temps comme un faucon. » Ou bien : « La vigilance repose, l'hypocrisie fatigue. » Ou bien : « L'infantilisme croissant et prospérant jusqu'au jour d'aujourd'hui. » Ou bien : « Dans la nature, il y a des signatures qui ne demandent aucune traduction verbale. » Ou bien : « Connaître les histoires, discerner le bien du mal, savoir à qui se fier. » Ou bien : « Le Gouvernement cesse d'être indépendant quand la monnaie est soumise au bon vouloir d'un groupe. » Ou bien : « La mauvaise approche du problème est le désespoir. » Ou bien : « Tu es un vrai sadique, tu essaies de faire penser les gens. » Ou bien : « Fabriquez la détresse, que ça fasse partie du système afin de l'utiliser. » Ou bien : « Non pas l'arrogance qui vient de l'habitude, mais la fureur qui vient d'une perception. » Ou bien : « La lumière cherchant la vitesse. » Ou bien : « Le paradis d'un homme est sa bonne nature. » Ou bien : « Le suicide n'est pas sérieux par conviction, il vaudrait mieux d'abord liquider les emmerdeurs. » Ou bien : « L'amour est la forme de la philosophie et son contour. » Ou bien : « L'homme sage a son plan, simplicité millénaire, nul ne peut y toucher. » Ou bien : « Mêlez-vous de vos affaires, et les imposteurs s'évanouiront d'eux-mêmes. » Ou bien : « Le cœur phallique vient du ciel, une source vive d'intégrité, c'est la *cupidité* qui le détourne. » Ou bien : « Fidélité au verbe, collines et ruisseaux colorent l'air, vigueur, tranquillité, pas de code uniforme, vigueur et sérénité. » Ou bien : « Les hommes font encore dans la chimère et le foireux. » Ou bien : « Mouches portant les nouvelles, harpies chiant dans l'air. » Ou bien : « Au-dessus de la pourriture de l'enfer, le grand trou du cul rompu par des hémorroïdes, stalactites qui pendent. » Ou bien : « Le corps est à l'intérieur. » Ou bien : « Les officiels existent dans le temps. » Ou bien : « Et ils passent leur temps à tronquer la rumeur, jaser, calomnier, tordre leur cou aux choses, injure et tapage. » Ou bien : « Nel mezzo le cristal. » Ou bien : « Le non-tracé debout, l'adjectif couché. » Ou bien : « Vouloir user de l'esprit par les sens, c'est pisser à coups de marteau. » Ou bien : « Ils veulent bondir hors du cosmos. » Ou bien :

« Près de Circé, les yeux de pierre fixent le large. » Ou bien : « Telle la brise d'un vent qui, changeant son cours, change de nom. » Ou bien : « Lumière au cube, elle croît en volume. » Ou bien : « La forme se révèle au col du luth, le son naît de sa caisse. » Ou bien, tout simplement : « Amo, ergo sum », j'aime, donc je suis.

J'aime, donc je suis en danger. Là, il faut faire vite, et, surtout, se cacher. Les vieux textes parlent d'aventuriers, rivaux des dieux, qui, à travers mille ruses, ont transporté une jeune fille en lieu sûr sous un autre nom. Qu'est-ce que ça veut dire ? Personne ne se risque à donner une réponse. Il est aussi question, de temps en temps, des « épouses des dieux », mais, là encore, dérobade, silence. La jeune fille, c'est toi, bien sûr, on a organisé notre jeu, nos disparitions, nos rencontres. Tu as un nom, comme on dit, mais je ne le révélerai pas, il provoquerait, chez les indigènes, une volonté de destruction radicale. On fait de la magie, n'oublie pas. Noire ? Blanche ? Mais non, de toutes les couleurs, et c'est là le crime. Un homme et une femme n'ont pas le droit de s'envoyer en l'air dans l'arc-en-ciel en dehors des lois, et les lois veulent qu'on soit hétéro ou homo, encarté, chaque caricature comptant fermement sur l'autre. La magie, c'est autre chose. Tu viendras à telle heure précise, dans tel hôtel, tel numéro de chambre, tu frapperas à la porte, les rideaux seront fermés, on ne parlera pas. Une ou deux heures après, on ira dîner dans un autre quartier de façon très gaie, la conversation après l'amour n'a rien à voir avec celle qui le précède. Les mots sont libres, les sous-entendus voulus, la moquerie antisociale peut être à son comble. Tout le monde est décidément petit, mesquin, rampant, étroit, ridicule, sauf nous. Ils cherchent, on a trouvé. Ils veulent aller quelque part, nous nulle part. Ils attendent des nouvelles, elles pourront être pires. Notre méchanceté innocente tournoie. Les dieux, en grec, en dehors d'être bienheureux et joyeux, sont des « vivants légers ». Ce sont les cruels, les rieurs, les lumineux, les changeants, les immuables et les implacables, mais, par-dessus tout, les *légers*. Tiens, voilà un parfum, un bijou, des fleurs. Je sens encore, sous mes doigts, ta mouillure fraîche. Pour plus tard, toujours plus tard, les soucis, les chagrins, les deuils. Quelque chose à se reprocher ? Je ne vois pas. Toi non plus ? C'est grave.

— On va se désennuyer ?

— On y va.

— Tu es belle.

— Je t'aime. Je t'aime aussi d'être aimée par toi.

(Lèvres pincées, pâleurs subites, ricanements et huées dans la salle.)

Soyons francs : exciter la jalousie est un vrai plaisir. Mais pas de front, par ricochet, irradiation, insinuations souples. La jalousie est l'Organe Central, le Substrat Ovale, La Mecque, le Temple, l'Église, le Conseil d'Administration, le Syndicat, la Secte, le Parti. Il faut lui faire, sans arrêt, tout le mal possible. Se venger de l'esprit de vengeance n'est pas une vengeance, mais un devoir sacré, spontané, sans effort. Ça marche tout seul, le ressentiment se punit lui-même, il fonce, comme un taureau, dans la muleta des désirs. Pavlov, grand penseur méconnu, n'est pas allé assez loin dans l'étude canine de l'homme. Et des femmes, donc, sujet tabou. La ménopauserie règne sur cette région de ténèbres, aucun explorateur ne semble être revenu indemne de ce tourbillon. L'histoire des Sirènes est une plaisanterie : elles n'ont jamais chanté de façon caressante ou attirante, leur cri perçait les tympans, le type était pris de vertige, basculait dans l'eau, se traînait, les oreilles en sang, sur le rivage, tombait là dans un délire gâteux terminal. Désormais, le bruit assourdissant est plus ténu, simple crécelle insistante, dérision, usure, piqûre, mauvaise humeur, sautes d'humeur, tenace tumeur. Il suffit de constater les ravages : maris titubants, enfants affolés, vieux garçons inhibés, couples hétéros désenchantés, couples homos désillusionnés, « à quoi bon » généralisé et communiqués du désastre. Muses tuées, Nymphes évaporées, ballet des Sorcières, le beau est laid, le faux est vrai, les semences du temps sont infectées, horreur et hilarité se mêlent. Allez, je descends ici avec ma plume, je note tout au jour le jour, l'avenir m'en remerciera. Et laisse-moi arranger les choses : horaire, code, discipline, musicalité des détails, studio sans souci, château des délices, bienvenue au bord de l'eau avec des lilas de joie, royaume des sensations, oui, royaume.

Il y a eu, autrefois, un monde des parfums dont le nez retrouve la trace. Il suffit de décliner les noms, plus ou moins vulgaires, des flacons vendus pour évoquer ce paradis perdu : opium, samsara, poison, heure bleue, allure, coco, petite chérie, ce soir ou jamais, eau sauvage, rose absolue, air du temps, après l'ondée, diva, magie noire, ô, madame, cristalle, eau de roche, fleur de rocaille, must, first, wish, joy, flower, heure exquise, cuir de russie, mimosa pour moi, nu, fragile, musc, égypte, intuition, à la nuit, arabie, datura noir, blondeur, calèche, obsession, eternity, truth, loulou, alchimie, passion, contradiction, eau du ciel, fracas, dune, hot, vent vert, j'ai osé, sublime, envy, irony, 3, 5, 7, 9, 11, 9009, septième sens, gitane, flamenco, casanova, miracle, vivaldi, jazz, mozart. Supposons que tu les mettes tous sur toi par petites touches, tu deviens irrespirable. Mais on conçoit mal des produits qui s'appelleraient sinusite, rhinite, muqueuses, fosses nasales, rhume, angine, catarrhe, morve, bave, et encore moins pourriture, merde, croûte, pisse, étron, pus, déchets, débris, fœtus, crotte, staline, hitler, menstrues, cadavre, purin, plaie, lymphe. À part quelques maniaques sexuels ou militaires, on ne voit pas la clientèle qu'ils pourraient avoir.

Ton parfum à toi : *nez*. Je te respire en lui. Il n'est pas sur le marché. Il est scandaleusement gratuit (marque déposée, pourtant, avis aux publicitaires).

La vie comme acrobatie : toutes les figures du passé. La vie comme immobilité lumineuse : ici même. Ça fait un drôle de roman : gestes, entrelacements, sauts, marches, sommeils, lignes brisées en tous sens, horloge folle. Je le découvre peu à peu avec précaution, c'est une présence qui n'est pas de moi, et qui, pourtant, m'enveloppe, me fonde. Écoute, ça pourra te servir pour ton livre : « En cet instant même, je regarde mon avenir – un avenir sans bornes – comme on regarde une mer lisse : aucun désir n'en ride la surface. Je n'ai pas la moindre envie de voir quoi que ce soit devenir autre, moi-même je ne peux pas devenir autre que je suis... Mais c'est ainsi que j'ai toujours vécu. » Ou encore : « N'oublie pas le jardin, le jardin aux grilles dorées. Choisis la bonne solitude, la solitude libre, légère, impétueuse... » Ou encore : « Ce vice gamin et joyeux : la politesse. » Ou encore : « Les dieux sont moqueurs. » Ou encore (très important) : « La pudeur est inventive. » Ou encore : « Je remercie le ciel à chaque instant pour ce vieux monde pour lequel les hommes n'ont pas été assez simples ni assez silencieux. » Ou encore : « Je me pose la question : que veut donc de la musique mon corps tout entier ? Car il n'y a pas d'âme... C'est, je crois, son *allègement*, comme si toutes les fonctions animales devaient être accélérées par des rythmes légers, hardis, turbulents ; comme si l'airain et le plomb de la vie devaient oublier leur pesanteur grâce à l'or, la tendresse et l'onctuosité des mélodies. Ma mélancolie veut se reposer dans les cachettes et les abîmes de la perfection : voilà pourquoi j'ai besoin de musique. »

Surtout, pour ton roman (qui sera un grand succès, j'en suis sûr), ne dis jamais que tu me connais. Arrange-toi même pour dire un peu de mal de moi de temps en temps (pas trop quand même). L'amour doit être dit au féminin, désormais, c'est inévitable. Il reste aux mâles le rabâchage de la dérision ou du désespoir. N'oublie pas de situer l'action dans une région en guerre.

Tu rencontres un étranger, c'est moi, mais méconnaissable, brève liaison brûlante, séparation, nostalgie, bonjour tristesse, phrases dégagées et douces, adieu au milieu des ambulances fonçant dans la nuit sur fond d'incendie, enfin débrouille-toi.

Écoute encore, c'est quelqu'un d'autre : « Le ciel bleu et le travail fleuri de la campagne. » Ou bien : « Mon auberge était à la Grande Ourse, mes étoiles au ciel avaient un doux frou-frou. » Ou bien : « La clairière rouge. » Ou bien : « Un grand vaisseau d'or, au-dessus de moi, agite ses pavillons multicolores sous les brises du matin. » Ou bien : « Un goût de cendres vole dans l'air. » Ou bien : « Les frissons s'élèvent et grondent. » Ou bien : « La mer s'assombrit parfois avec des éclats mortels. » Ou bien : « Les camps d'ombre ne quittent pas la route du bois. » Ou bien : « Je m'enfonce jusqu'aux yeux dans la source de soie. » Ou bien : « Les énormes avenues du pays saint, les terrasses du temple. » Ou bien : « L'éclatante giboulée. » Ou bien : « L'orgie et la camaraderie des femmes. » Ou bien : « La futaie violette bourgeonnante. » Ou bien : « La toilette rouge de l'orage. » Ou bien : « L'énorme passade du courant. » Ou bien : « Moi qui ai levé toutes les impressions possibles. » Ou bien :

« L'anneau magique dans l'eau lumineuse. » Et voilà.

— Vous faites beaucoup de citations.
— Ce ne sont pas des citations, mais des preuves.
— Des preuves de quoi ?
— Qu'il n'y a qu'une seule expérience fondamentale à travers le temps. Formes différentes, noms différents, mais une même chose. Et c'est là, précisément, le *roman*.

Avertissement pour les pertes de temps : « Sitôt qu'ils peuvent c'est bien simple tous les gens vous font perdre des heures, des mois... vous leur servez comme de fronton à faire rebondir leurs conneries... et bla ! et bla ! et reblabla... une heure de cette complaisance vous aurez quinze jours à vous remettre... bla ! bla !... prenez un pur-sang, mettez-le à la charrue, il en aura pour un mois, deux mois à reprendre sa foulée... peut-être jamais... aussi vous peut-être, d'avoir voulu être aimable, prêter une oreille... »

Ou encore, en remontant vers les vieux textes : « Savoir beaucoup de choses, c'est cela le goût.

Car la parole du poète va dans toutes les directions. On l'a dit : sa parole se répand peu à peu, on ne sait comment, sur un domaine qui n'a pas encore été frayé. C'est cela même le propre du poète : celui dont les paroles vont dans toutes les directions. »

Ou encore, dans la même dimension, comment reconnaître une vraie perle (c'est toi) : « Quand une perle brille comme une étoile, qu'elle est ronde, entièrement libérée de l'écaille, onctueuse, dure, sans tache ni fissure, quand, mise sur la balance de l'esprit elle est pesante, c'est qu'elle est sans défaut et confère ainsi le bonheur. »

Une perle légère, pesant très lourd sans en avoir l'air. Une étoile.

« La perle vraie est celle qui, jetée dans un récipient plein d'urine de vache et d'une poudre de salpêtre, puis frottée avec la balle des grains de riz, ne change pas d'aspect. »

Et voilà.

Ou encore : les Apsaras sont des déesses musiciennes et danseuses, chargées de distraire les dieux des divers cieux, et particulièrement du Svarga ou paradis d'Indra. Femmes des Gandharvas, musiciens célestes, elles reçoivent assez souvent la mission de détourner de leur austérité les ascètes dont les dieux redoutent la puissance. Mais il arrive parfois qu'elles tombent amoureuses d'un héros mortel et lui sacrifient la félicité du ciel. Elles sont alors considérées comme les filles de Mâra, le Satan local.

Austérité ? Ascèse ? Tu parles. Ou alors pas dans le sens qu'on croit. Filles du diable ? Tu parles, ou alors pas comme on croit. Le paradis existe, et il n'est pas artificiel. Pas plus que les iris, là, sur la droite. Pas plus que le laurier, le lierre, l'olivier, la vigne, le figuier. Pas plus que la vague d'argent puissante qui, une fois encore, s'abat sur le sable. Tu prends ta serviette bleue, tu te sèches, tu n'entends pas ta musique, tu ne vois pas ta danse, et moi, par pudeur, je fais semblant d'être absorbé et de regarder ailleurs.

— Une cuillerée à soupe de quarks pèserait plus d'un milliard de tonnes ?

— On le dit.

— C'est-à-dire l'ensemble des camions et des voitures de la planète ?

— À peu près.

— Il y aurait des étoiles à quarks encore plus denses que les étoiles à neutrons ?

— Eh oui.

— Combien de quarks dans un neutron ?

— Trois ; deux *down*, un *up*.

— Tu as vu la pub du dernier film américain ? Tu sais comment il s'appelle ? Ça va te plaire.

— Oui ?

— *Une virée en enfer.*

— Pas mal. Mais tu connais la définition de l'enfer par sainte Thérèse d'Avila ?

— Non.

— « Un endroit où l'on n'aime pas. »

— Partout humainement, alors ?

— Presque.

Une cuillerée de miel au soleil.

Quelqu'un qui s'est dit ami de Nietzsche, un universitaire, bien entendu, écrit ceci : « Je vis Nietzsche pour son cinquantième anniversaire, le 15 octobre 1884. Je fis mon apparition le matin, car je devais partir peu après. Sa mère l'amena, je lui présentai mes vœux, je lui dis qu'il avait aujourd'hui cinquante ans, et je lui tendis un bouquet de fleurs. De tout cela, il ne comprit rien. Seules les fleurs semblèrent un instant éveiller sa sympathie, puis elles demeurèrent là, aussi ignorées que le reste. »

À quoi on peut ajouter, en marge, cette observation d'Artaud dans son *Van Gogh, le suicidé de la société* : « Tout homme de science, pris à la tourbe, est un ennemi né et inné de tout génie. » En effet, plane au-dessus de nous « cette espèce de coupole sombre que constitue, par-dessus toute la respiration humaine, la venimeuse agression du mauvais esprit de la plupart des gens ». Résultat : « Une *magie civique*, que l'on verra bientôt apparaître dans les mœurs à découvert. »

Nous y sommes.

C'était d'ailleurs évident depuis longtemps, mais on a vu venir, on s'est organisés, on s'est tirés. Tu te souviens de ce matin-là ? « On part ? » — « On part. » Ton sac de voyage noir est là, dans l'armoire, et tu as déjà écrit une trentaine de pages qui ne me semblent pas mal. « L'ignoble sexualité », comme a dit celui qu'on a poussé à devenir fou, ne nous a pas *crochés*, on a été plus ignobles qu'elle, d'une pureté incompréhensible pour la soi-disant « pureté ». Pas de refoulement, pas de carcan. Ce qui compte est de retrouver un infini tout proche, pour lequel, affirme celui qui était moins fou que la plupart, « on s'embarque comme dans un train dans une étoile ». Regarde : ici, dans le monde enfin réel, la lumière d'un bougeoir *sonne*. Un édredon est d'un « rouge de moule, d'oursin, de crevettes, de rouget du Midi, de piment roussi ». Tu lis ces mots, tu vois mieux les nuances, la salive te monte à la bouche. Pourtant, le jour, ce matin, est gris couleur d'huître et de lame de couteau tranquille. Tu aimes l'expression « au ras des pâquerettes », regarde, l'herbe en est toute fleurie, mange-la des yeux, respire. Nous sommes de pauvres enfants, tu me pardonnes d'exister, moi aussi. Pardon. Mais tu es aussi une déesse, et je suis un dieu (tempête dans la salle, le lecteur furieux piétine le livre, tandis que la lectrice, tout en disant haut et fort qu'elle le trouve grotesque, le cache dans un tiroir).

Comment ne pas devenir fou sans se résigner à la folie ambiante ? C'est le problème.

On procède par illuminations successives. Roman ? Mais oui, le mot convient, c'est une expérience, mais c'est aussi un roman. La preuve. Quant à « illuminations », on peut se demander pourquoi ce titre occupe la place du diamant ignoré au beau milieu de la prose mondiale. Les Illuminés de Bavière sont pourtant venus vers nous autrefois sous la forme d'un musicien magique de petite taille. On fait semblant de lire, d'écouter, personne ne se rend compte de rien ? Aucune importance, c'est aussi simple qu'une phrase colorée. Notre opération est modeste : trier, séparer, tresser, réparer les torts, souligner l'essentiel, libérer les morts, expliquer comment ils se sont fait coincer dans les époques fâcheuses et faucheuses. Ils n'ont pas pu sauter par-dessus leur temps, alors qu'aujourd'hui, surprise, le temps saute par-dessus lui-même. Les tranchées du passé, ses ornières, ses tunnels, ses charniers, son labyrinthe plombé ne sont pas derrière nous, mais sous nous. Nous marchons au-delà, en pleine lumière. « Nous sommes l'affection et le présent, puisque nous avons fait la maison ouverte à l'hiver écumeux et à la rumeur de l'été, nous qui sommes le charme des lieux fuyants et le délice surhumain des stations. Nous sommes l'affection et l'avenir que, debout dans les rages et les ennuis, nous voyons passer dans le ciel de tempête et les drapeaux d'extases. Nous sommes l'amour, mesure parfaite et réinventée, raison merveilleuse et imprévue, et l'éternité : machine aimée des qualités fatales », etc.

Simplement, la musique est devenue plus intense. Elle était là, mais voilée, assourdie. Maintenant, elle jaillit jour et nuit, à travers chaque note éparse. Tu es une note, j'en suis une autre, notons, avançons. Avertis par le destin, choisis par le destin. Ce n'est même pas « nous » : l'univers chante, puisqu'il est vibration. C'est une batterie de vingt-quatre heures, un aigle blanc et noir, sagesse, force, beauté, sel, soufre, mercure. Le plomb en or, l'œuvre au blanc. La partition s'écrit toute seule, joie, peur, côté terrifiant, côté jubilant. Milliers d'Apsaras, sphères. La nature aime le vide, les cons, lavés du cerveau, en ont horreur.

— Tu prends le soleil ?

— Je le *prends*. Drôle d'expression.

— On dit bien prendre son temps ? Son pied ? La fuite ? En grippe ? Au sérieux ? À la légère ? Froid ? Ses distances ? Du champ ? Le large ? Goût ? En charge ? Sur soi ? Un verre ? Des vessies pour des lanternes ? Ses jambes à son cou ?

— Prendre, apprendre, comprendre, surprendre.

On le sait maintenant : Rimbaud, en 1873, comptait sur l'argent de la mère de Verlaine pour faire éditer *Une saison en enfer*. Après l'affaire du coup de revolver de Bruxelles, elle le lui promet en échange du retrait de sa plainte contre son fils. Elle se ravise (probablement sur le conseil de Verlaine lui-même), et l'édition reste en panne chez l'éditeur, à part quelques exemplaires justificatifs. Un biographe intuitif écrit : « Avec l'emprisonnement de son ami, Rimbaud avait perdu son seul soutien littéraire et financier. À présent que le destin de son fils était irrémédiablement scellé par deux années de prison, Élisa Verlaine n'avait plus de raisons de consentir à payer le complément financier qui manquait à Rimbaud. Un esprit tortueux pourrait aussi soupçonner Verlaine, qui avait pu lire avec quelque inquiétude le récit de la Vierge folle et de l'Époux infernal sur un exemplaire d'auteur, d'avoir recommandé à sa mère de ne pas verser le solde demandé par l'imprimeur à son ami : la famille de sa femme pouvait utiliser contre lui cette confession publique, aussi compromettante que hardie, lors du procès en séparation. Verlaine ne se serait certainement pas vanté plus tard d'un tel acte de prudence. »

Évidemment. Rien n'est d'ailleurs « tortueux », ici, tout est clair. Dépit amoureux, culpabilité, fausse conversion, jalousie littéraire et métaphysique violente, horizon « poétique », censure. Le même biographe poursuit : « On eût aimé savoir ce que le détenu de Mons pensa réellement de ces *Délires I* qui relataient sur un ton dramatique l'aventure du “drôle de ménage”. Verlaine n'a jamais fait de confidences là-dessus, et il ne semble pas qu'aucun des jeunes poètes qui l'entourèrent au temps de sa gloire ait osé le questionner sur ce sujet. Son jugement littéraire sur l'œuvre elle-même, tel qu'il l'a confié dans l'*Arthur Rimbaud* des *Hommes d'aujourd'hui*, n'est pas d'une très grande sagacité : selon lui, *Une saison en enfer* serait une “espèce de prodigieuse autobiographie psychologique, écrite dans cette prose de diamant qui est sa propriété exclusive”. Un propos de vierge folle à renvoyer à ses fourneaux. »

Des mères veillent au grain, des vierges folles s'activent dans l'ombre : rien n'a vraiment changé, rideau.

Dégoûté par toutes ces histoires et « ce tas d'ordures », Rimbaud s'en va. La *communauté* réagit : pendant longtemps, dans les lettres du clan, son nom est imprononçable, puis il est désigné comme « Chose », « L'Œstre » (mouche parasite), « Lui », « L'Être », « Homais », etc. Les provinciaux sont choqués de le voir voyager librement, s'intéresser aux sciences et aux techniques de son époque, et apprendre des langues étrangères. Ils restent, eux, dans leur patois et leur argot local, leur égrillardise, leur sentimentalisme et leur alcoolisme, leur homosexualité plus ou moins honteuse, leurs pieusetés, leurs blasphèmes pénibles. C'est la grande société des mères, des tantes, des vieux garçons et des vieilles filles, des filles à marier, des beaux-pères, des faux pères, des faux frères. On n'ira jamais assez loin pour les éviter. La haine les entretient, ils font bloc, ils s'enterrent. Chacun et chacune évalue déjà le squelette de son voisin.

Le plus amusant, dans cette aventure, est sans doute le témoignage d'une femme de chambre devenue plus tard blanchisseuse, Françoise, présente à Aden en 1884 :

« J'allais presque tous les dimanches après dîner chez M. Rimbaud : j'étais même étonnée qu'il m'autorise d'aller chez lui. Je crois que j'étais bien la seule personne qu'il recevait. Il causait très peu ; il me paraissait bon pour cette femme. Il voulait l'instruire, il me disait qu'il voulait la mettre quelque temps chez les sœurs, à la Mission, chez le père François, et qu'il voulait se marier parce qu'il voulait aller dans l'Abyssinie, et qu'il ne reviendrait en France que lorsqu'il aurait gagné une grosse fortune, sinon il ne reviendrait jamais. [...] Quant à cette femme, elle était très douce, mais elle parlait si peu le français que nous ne pouvions guère causer. Elle était grande et très mince, une assez jolie figure, des traits assez réguliers, pas trop noire. [...] Elle était catholique. Je ne me souviens plus de son nom. Pendant quelque temps, elle avait eu avec elle sa sœur. Elle ne sortait que le soir, avec M. Rimbaud. Elle était habillée à l'européenne, et leur intérieur était tout à fait comme les gens du pays. Elle aimait beaucoup fumer la cigarette. »

On ne connaît pas son prénom (Mariam, peut-être). Question : pourquoi les deux plus grands poètes modernes, Baudelaire et Rimbaud, ont-ils dégagé sur des femmes de couleur ? Est-ce que, déjà, la blanche républicaine, son mari, ses filles et ses fils, sentait fortement le petit commerce scolaire et la mort ? Voilà une hypothèse sérieuse.

Rimbaud, pendant au moins deux ans, regarde chez lui une mince Abyssine fumant des joints. Puis il passe à autre chose, de plus en plus seul.

Je lève la tête : dans le jardin en train de devenir noir, un peu dansante, silencieuse comme un mot, Maud passe.

Tout s'effondre et tout se révèle, c'est un enchantement et une chance à l'envers, caverne et trésor, campagnes, rivières, bois, ruisseaux, plages. On est tellement à contre-courant qu'on ne sait plus où est le courant. Sésame, ouvre-toi, les richesses sont là, dans les caisses. On est des voleurs, les dieux reviennent en douce avec nous, le silence de la nuit est le lac le plus profond de la terre. « J'ai rêvé, dis-tu encore, qu'on me mettait une robe chinoise en soie, pleine d'oiseaux et de fleurs. » Ça, c'est le versant lumineux. Mais il y a aussi les cauchemars, maison encerclée, mitrailleuses, chars, bulldozers, on va être liquidés, c'est sûr. Réveille-toi, Maud, serre-toi contre moi, le matin est là, impassible. Comme on est des voleurs, Hermès nous protège, lui, « le guetteur rayonnant », « le messager aux rayons clairs ». Il va vite comme le vent au-dessus de l'eau, il court sur les flots avec ses sandales brodées d'or, il plonge dans les tempêtes de la mer violette, c'est un goéland poussé sur les vagues sans nombre. L'étonnant est qu'il puisse sortir de l'océan sans aucune trace de fatigue et marcher ensuite, à pas comptés vers les cèdres, les pins, les cyprès, les fumées, guidé par le parfum du thym et les oiseaux dans les branches. Il traverse la grande prairie pleine de persil et de violettes, il arrive, il est invisible, sauf que les fleurs frémissent sur son passage, et qu'Athéna, transformée en hirondelle puis en grand aigle de mer, lance son cri caractéristique pour rappeler qu'elle veille, elle aussi, sur l'opération. Il n'est pas là pour interrompre le séjour, Hermès, mais pour le confirmer, l'encourager, le dissimuler. Il s'arrête un moment près du mur d'enceinte. La terre humide, là, sur la gauche, sent bon le sommeil des morts.

Il se déguise en jardinier, il apporte des graines, il plante, taille, émonde, tond, ratisse, allume un feu, et vient finalement vers moi avec le plus grand naturel. Il prend un livre dans la bibliothèque, l'ouvre, et me met un passage sous les yeux :

« Il s'en trouve toujours certains, mieux nés que les autres, qui sentent le poids du joug et ne peuvent se retenir de le secouer, qui ne s'apprivoisent jamais à la sujétion et qui, comme Ulysse cherchait par terre et par mer à revoir la fumée de sa maison, n'ont garde d'oublier leurs droits naturels, leurs origines, leur état premier, et s'empressent de les revendiquer en toute occasion. Ceux-là, ayant l'entendement net et l'esprit clairvoyant, ne se contentent pas, comme les ignorants, de voir ce qui est à leurs pieds sans regarder ni derrière ni devant. Ils se remémorent les choses passées pour juger le présent et prévoir l'avenir. Ce sont eux qui, ayant d'eux-mêmes la tête bien faite, l'ont encore affinée par l'étude et le savoir. Ceux-là, quand la liberté serait entièrement perdue et bannie de ce monde, l'imaginent et la sentent en leur esprit, et la savourent. Et la servitude les dégoûte, pour si bien qu'on l'accoutre. »

Il prend un autre livre et, de même, pointe du doigt une seule proposition :

« Nous sentons et nous expérimentons que nous sommes éternels. »

Un moment d'humour, à présent (c'est bien lui), il fourre dans sa poche un exemplaire d'un best-seller récent, *Les petits culs élémentaires*, pour se renseigner, je suppose, sur les mœurs des mortels du temps. Tant qu'il y est, il rafle aussi *La vie sexuelle d'Aphrodite Q.*, ça risque de faire jaser là-haut, dans l'Olympe. Enfin, de jardinier, il redevient oiseau, il s'envole, disparaît, pendant que Maud me dit : « Qu'est-ce qu'il avait, celui-là, on avait l'impression qu'il voulait cogner contre la vitre. Tu attires les goélands, maintenant ? »

On entend un rire étouffé. Personne. Un coup d'air.

Ce serait bien de pouvoir commencer un roman comme ça, à la Balzac : « Le premier jour de l'an mil huit cent trente et un vidait ses cornets de dragées, quatre heures sonnaient, il y avait foule au Palais-Royal, et les restaurants commençaient à s'emplir. » Mais non, impossible. Drôle d'époque. Maud, elle, préfère le début du vingtième chapitre de *La Chartreuse de Parme* : « Une nuit, vers une heure du matin, Fabrice, couché sur sa fenêtre, avait passé la tête par le guichet pratiqué dans l'abat-jour, et contemplait les étoiles et l'immense horizon dont on jouit du haut de la tour Farnèse. » Elle pense qu'on pourrait enchaîner, en transposant, sur Clélia, les signaux de lampe, etc., mais l'ennui de la narration viendrait vite. Du coup, elle pense que la moindre phrase de Baudelaire, en situation, prend une autre dimension pour beaucoup plus tard, c'est-à-dire aujourd'hui, dans l'île : « Mon cher ami, par suite de mélancolie et de secousses, j'étais venu vous demander à dîner. » Ou bien : « La bêtise inévitable qui nous entoure. » Ou bien : « Je n'ai jamais eu la prétention de ne pas me contredire, le seul orgueil que je me permette, c'est de m'appliquer à exprimer avec beauté n'importe quoi. » Ou bien : « Depuis quelque temps, je tombe le matin dans des léthargies. » Ou bien : « Je disparais quand je suis dans mon tort, et je reparais quand j'ai fait mon devoir. » Eh bien, faisons notre devoir, exprimons avec beauté *n'importe quoi.* Et voici, par exemple, le soleil du soir, « ruisselant et superbe », qui du haut des cieux, avec son grand œil curieux, « contemple nos dîners longs et silencieux ». Encore un peu de vin ? Tu n'as pas froid ? Tu veux que je ferme la baie ? Je t'aime.

La musique de Monteverdi, il le dit lui-même, monte et verdit. Prenons des compositions pour la cour de Mantoue, *Della bellezza, De la beauté.* C'est plus beau en italien, mais tant pis : « La beauté est un rayon / De la lumière céleste / Comme un soleil de mai / Qui ne modère pas son ardeur / Ici dans notre cœur / Naît la fleur d'amour. » Bon, deux ténors, deux sopranos, une contralto, une basse, deux violons, un violoncelle, un clavecin. Ils sont dix. Ronde sur les prés. *Raggio* rime pour toujours avec *maggio,* et *cuore* avec *amore.* Les nombres dansent, les mathématiques jouent, ce cercle dans l'herbe est magique, le goéland revient écouter, c'est le retour d'Ulysse dans sa patrie, une vraie guirlande, voix, pieds, chevilles, des hommes et des femmes emportés au loin et tout près, ils sont du matin et du crépuscule, ils se chevauchent, empiètent les uns sur les autres, bras, épaules, torses, jambes, ils s'entrelacent, progressent dans l'élan, piétinent, bondissent, forment une grande ellipse toujours ouverte, et concluent, regarde-les, là, *en haut, à droite.* Ensemble et chacun pour soi. Une vraie partouze. Des partouzes, au sens porno, et des prostituées, au sens vénal littéral, j'en ai fait des tas, ma belle. La science le voulait. Je ne le regrette pas. Le plus tôt, et intensément, est préférable. Ensuite, basta. Malheur à celui qui n'a pas brûlé dans ces contrées-là, mais plus grand malheur à celui qui s'y englue et y reste. Question morale ? Allons donc : « Le jugement et la condamnation morale sont un mode de vengeance favori chez les intelligences bornées à l'égard des intelligences qui le sont moins. » Il s'agit de savoir ce qu'on fait, rien d'autre.

Je me suis beaucoup amusé, dépensé, crevé, dispersé, je te fais profiter de quelques conclusions solides. Sur l'ennui, d'abord : « Malheur à vous si jamais les qualités "éternellement ennuyeuses de la femme" — dont elle est si riche — osent se donner libre cours. » Oui, malheur à nous, et malheur surtout à Nietzsche, d'avoir osé écrire cette saloperie d'évidence (longues huées dans la salle). Prenons un autre témoin, un Américain : « L'apparence de respectabilité qu'ont les hachis de viande et les trains de banlieue le lundi. » Pire : « Elles croient toutes qu'elles pourraient diriger avec succès une pension de famille. » (Nouvelles huées frénétiques.) Enfin, passons. Mais qui s'est beaucoup amusé sait aussi à quel point on peut gémir d'ennui dans certaines circonstances. Je revois le visage de A., chez qui tout était faux, même le faux. Et celui de B., écho fatigué de la prise de sperme escroquée par sa mère à son père. Et celui de C., buté, fanatique, ressentiment permanent d'avoir été fabriquée sans pénis. Et D., avec son obsession de poids, de grossesses. Et E., avec ses avortements et ses fausses couches. Et F., avec sa boulimie et ses désirs découverts trop tard. Et G., avec sa voix criarde, ses gros mots, son mari emmerdeur, peur de le quitter, sécurité oblige. Et H., avec sa croyance idiote que la sexualité règne sur le monde et que tous les hommes peuvent être menés par là comme des cochons. Et J., avec sa paresse, son désespoir, sa folie, sa mélancolie. Et K., persuadée que les femmes sont d'autant plus précieuses qu'elles sont secrètement de la merde. Et L., M., N., englouties par leurs mères, avec superstition à tous les étages. Et O., camée, courant de géniteur potentiel en géniteur virtuel, finissant par adopter des bébés jaunes ou noirs. Et P., se prenant pour une sorcière homosexuelle mâle d'Amazonie. Et Q., militante, récitant son catéchisme viril, avec célébration ennuyée d'un horizon androgyne. Et R., S., T., coquettes dépressives cycliques, petites filles en larmes dès qu'elles n'ont pas eu leur dose de cadeaux ou de compliments. Et U., V., W., caissières mensuelles. Et X., Y., Z., perceptrices de leur chagrin, ressassant leur pathétique roman familial.

Les hommes aussi, bien entendu, sont à mourir d'ennui pour les femmes. Peut-on mourir d'ennui ? Oui, c'est démontré sur des rats en laboratoire. Enfin, il y a des exceptions, disons plutôt des miracles. Tu en es un, bonjour, ne bouge plus.

Ennui, du latin *inodiare*, avoir en haine. Le sens est resté très fort jusqu'au XVIIe siècle, après quoi il s'est dilué et est devenu courant comme la haine elle-même. Tu ennuieras ton prochain comme toi-même. Tu tenteras d'empoisonner tout paradis pour le transformer en ennui. On peut d'ailleurs se contenter de définir l'amour comme une interruption de l'ennui. C'est son test. Exemple : on ne s'ennuie pas une minute.

Comme ils sont drôles à voir, ces couples déjà

vieux qui baignent dans leur détestation réciproque et n'ont rien à se dire, n'arrêtent pas de se crier silencieusement des reproches, font un bruit d'enfer avec leurs yeux perdus dans le vague et leurs moues. Les filles, ensemble, discutent avec animation, les garçons, de leur côté, ricanent en groupe. Deux ou trois flirts semblent en bonne voie, mais sentent déjà le calcul dans l'abandon, la réticence dans la simulation de l'extase. « Tu veux m'avaler », pense le type. « Pour ton bien et celui de nos enfants », pense la fille. Le scénario est écrit, la caméra est en place, les jeux de rôles sont prévus, émotions, effusions, doutes, déceptions, désillusions, répulsions. Aménagements, déménagements, notaires, avocats : toute la sauce sociale. Le poison était là dès le début ? Sans doute. Il est insoluble ? Il paraît. Et pourtant le grand silence partagé existe, celui d'une musique qui n'a pas besoin d'être jouée ou chantée, le golfe heureux du silence interrompu ou non, de temps en temps, par le murmure excité des obscénités *conscientes.* Du blanc, du noir, toutes les couleurs autour. Au centre, le rouge. Et puis le bleu, à perte de vue.

Le temps roule, se dresse, recule, repart, s'interpose, s'empile comme un jeu de cartes, se bat, se distribue, se contredit, se retourne, vit.

Une fois la sexualité (comme ils disent) ciblée et surmontée, la mort (comme ils disent aussi) n'a plus aucune importance. On est en convalescence de millénaires, on rit. On est dans l'embrasure, la tête dissoute au soleil. On ne cherche l'accord de personne. Entends les petits bruits du matin, sens l'odeur du café et du pain grillé, touche la rosée sur la table. Chaque jour est un voyage pour qui ne s'est pas laissé enfermer dans son enfance et a traversé le miroir. Un grand logicien agonise. Avant de mourir, il confie à une amie : « Dites-leur que j'ai eu une vie merveilleuse. » Oui, mais laquelle ? On n'en sait rien. Un grand penseur lâche sur le tard : « Seul un dieu pourrait aujourd'hui nous sauver. » Oui, mais lequel ? Aucune description précise, rien sur la vie courante, la salle de bains, la brume dans les arbres, les fleurs. Un philosophe entre dans un jardin : il a la nausée, c'est son problème. Il voit des imbéciles partout, et moi des divinités : le conducteur d'autobus, le chauffeur de taxi, le garçon de café, la pharmacienne, la fleuriste, l'épicier arabe, l'étudiant juif, le maître d'hôtel, les serveurs, les infirmières, le malade dans le coma, le vieux type poussif, la vieille dame hésitante, mes voisins soucieux, ma jolie voisine, l'homme de ménage noir qui fait les bureaux le soir, les standardistes chinoises débordées, la petite gouine espagnole en pull rouge et ses deux copines brunes, les enfants dans leurs poussettes, les femmes enceintes réfléchies, les policiers, les brancardiers, les pompiers. Ils se hâtent tous et toutes vers le prochain moment de leur existence, ils sont immortels. La nature les embrasse de ses bras légers. Les conneries qu'ils répètent ne sont pas sérieuses, ils n'y croient pas, ils savent bien qu'ils sont dans un film. Ils tirent leur épingle du jeu, ils sont malins comme des singes. Ils marchent dans le froid ou sous la pluie, ils transpirent de chaleur, ils se savent au fond sous la domination de l'esprit, mais oui, ils seront tous sauvés, salauds, criminels, victimes, et celui qui dit le contraire est un sacré menteur qui sera lui aussi sauvé.

Voici un samedi soir au café : les filles n'arrêtent pas de téléphoner sur leurs portables, elles calent leur emploi du temps de la nuit, où est-il passé celui-là, que fait-il, on va ou on ne va pas en boîte. L'une plaide, l'autre attend, marché des voix, bavardage. J'en entends une qui dit (et c'est vrai) : « Je préférerais qu'on parle de la mort, la vie m'angoisse. » J'entends aussi « ma mère », « mon frère », plus rarement « mon père », presque jamais « ma sœur ». « Ma mère », beaucoup trop. La grande blonde, là, croit qu'il faut faire comme tout le monde : dire du mal de tout le monde. Bref, perdus pour perdus, ils y vont, elles, surtout, écluses génétiques. Ils seront sauvés, même les plus idiots, et stupéfaits de l'être. C'est comme ça. Ça ne se discute pas. Je les observe un moment, j'avale ma protection d'alcool, je paye, je me lève, je sors dans les rues obscures.

On ne sait rien des mots secrets échangés, des lettres détruites, des téléphonages clandestins, des surnoms, des injures, des infamies domestiques, des râles de plaisir, des vraies larmes, des petits noms balbutiés, des millions de trous creusés ainsi dans le mur social. Les vrais mémoires ne sont pas écrits. Dieu n'existe pas, heureusement, sinon quel bazar. « Sauvés », ici, signifie simplement : rien. Vous voulez dire qu'il y aurait un bon rien et un mauvais rien ? Non : *rien*. J'aurai le même sort que l'insensé, demande un des personnages du drame, pourquoi donc ai-je été plus sage ? Pour confirmer la chose : rien. Du passant et de la passante, faisons table rase. Foule esclave, debout pour rien. Énorme sphère. Merci d'être là pendant ce temps-là, toi. On peut se balader en pleine grâce, en pleine laideur, on traverse, on oublie ce qu'il faut, on dort.

Plus de cent mille mouettes ont déjà été recensées en un seul hiver en Île-de-France.

Venues du Nord (Pays-Bas, Allemagne, Baltique, Belgique), elles rient dans le ciel de Paris. On les trouve sur les lacs du bois de Vincennes et du bois de Boulogne, ou encore aux Buttes-Chaumont. Elles dorment ensemble par centaines à la surface de l'eau. Leur nourriture les attend dans les sacs-poubelle des trottoirs ou des cours d'immeubles. Leurs terrains de prédilection sont les toits et les terrasses gravillonnées, mais aussi les aéroports où elles peuvent s'amuser à mourir, en vraies terroristes, dans les réacteurs des avions. Ici, dans l'île, elles tournent souvent par deux autour de nous, planent, semblent défendre l'horizon, tentent parfois des incursions sur l'herbe quand il fait très chaud ou que l'orage menace. Pour l'instant, je regarde ta fossette en haut de la joue gauche, ta main sur la tempe droite, ton oreille dégagée mangeable, tes doigts, ton nez fin. La question qui revient est celle de la « pureté même ». Ça alors, je ne m'y attendais pas. Tu écoutes, tu parles, tu écoutes de nouveau avec sérieux, tu souris, tu es un paysage changeant, tu passes ta main dans tes cheveux courts, ton index rejoint un peu ton oreille, ton *lobe* d'oreille, ton pouce effleure ta joue, tu deviens fragile, mais non te revoilà dans la force et l'éclat. Tu te lèves, tu vas chercher des cerises, quel mot magnifique, *cerise,* sans parler de ceux qu'il attire à lui, *fraise, framboise, mûre, prune, olive, myrtille.* Autant de syllabes à manger.

Tu te rassois, tu craches des noyaux dans l'herbe, tu bâilles, tu renoues ton foulard noir autour de ton cou, je vois mieux une de tes veines, tu bâilles, petit geste de ta main droite devant tes lèvres. Tu dis que tu as sommeil, que tu vas dormir, tu laisses derrière toi l'après-midi à sa contemplation vide.

Les vieux traités le disent tous, la magie consiste à marier le monde. Il y a des contraires, on les harmonise, c'est long, difficile, parfois dangereux, déroutant, désespérant, excitant, troublant. Ça a coûté la vie à plus d'un, dénoncé par des voisins, des parents, des amis, des proches, tous dévots de la matrice du Bien et du Mal. Inutile de discuter, ils n'aiment pas les mathématiques, il y a un voile sur leur cerveau, ils ne peuvent pas s'empêcher de juger, de condamner, de trancher, l'animal subtil leur échappe. Ils ont des animaux domestiques puisqu'ils sont domestiqués, chiens, chats, hérissons, perroquets, canaris, tortues, hamsters, iguanes ou perruches, mais ils détestent l'intelligence sauvage. Ils l'enferment dans des zoos, l'exhibent dans des cirques, mais leur vraie hantise est bien l'animal souple humain, sa perception décalée, ses voltiges, ses courses. Celui des grottes, par exemple, dont on ne sait rien, sauf ses peintures ramifiées, ses fresques bisonnées à vulves, ses damiers, ses points, ses flèches, ses graisses, le voilà au cœur de la caverne, dans ses boyaux et ses bosses, il applique sa main contre la paroi, il sort, avec son sang à l'intérieur, en pleines ténèbres. Il est cheval, cerf, bouquetin, rhinocéros, lion, tigre. Éventail de mains négatives, applaudissements, bravos. Vous connaissez le son que produisent deux mains frappées l'une contre l'autre. Écoutez maintenant celui que fait une seule main dans l'air. Vous y êtes ?

Nous avons des organes, c'est entendu, mais s'en détacher est possible. On n'est pas à la télé, on n'est pas condamnés au guignol. Qu'est-ce qu'il y a ? Le texte vous vexe ? La publicité vous traque, truque, persécute ? Vous craignez la précarité, donc la joie ? Vous redoutez les ambiances qui deviennent intensément nerveuses et furtives ? Voici un professionnel : « Des boudinés tout farcis de fiel, si infects en noirceurs, si tristes, si rances, qu'ils s'en crèvent tout vifs d'eux-mêmes ! qu'ils s'en dégueulent pour ainsi dire, l'âme et le corps de trop ! que c'est leur viande qui n'en veut plus, qui les rebute, les tarabuste, leur recommande que ça finisse, qu'elle aime mieux retourner aux limons ! qu'elle se trouve trop malheureuse ! que c'est trop de les avoir connus ! » Oui, ça existe. « Tel blême pendu de son vivant se resuicide à peine au sol pour dérouter les succubes. » Et ainsi de suite : « malfamants, quidams en perversité, esprits torves, ambitieux tout hermétiques, inouïs de reluisances diaboliques, en véritables pactes avec les puissances d'outre-là, possédés pour qui rien ne compte, ni cœur, ni délicatesse, tout à l'abîme des mauvaises Fois, terribles aux damnations, infamant mystère, trépas de rats calamiteux, ladres à croûtes », etc. Pour plus de lucidité, il nous manque des jugements derniers et des danses macabres. De nos jours, on enterre les morts sous les ruines, le béton reconnaît les siens. Là-dessus, les fleurs repoussent, jonquilles, giroflées, pâquerettes, rhododendrons, bégonias, jacinthes, regarde cette orchidée, elle n'a rien à prouver que sa courbe. La vie est un dimanche définitif, nos os sont revêtus d'un nouveau corps amoureux.

Dans le sillage de la pub, le faux sexe. Comme on tient ici à défendre le vice, il convient de faire l'apologie de la vraie vertu. Le puritanisme, désormais, est pornographique, il dégouline de partout, c'est son dernier atout, son ultime credo, son dernier faire-valoir. Automatique, laid, vulgaire, démocratique et inquisiteur en diable, on voit bien d'où le faux sexe tire sa force : des coincés d'autrefois. Ils ne faisaient rien, ou bien se cachaient, loupaient leur truc, et emmerdaient les autres. Ils en font trop, à leur façon toujours exagérée et maladroite, ils s'en vantent, et sont toujours aussi emmerdants. La pudibonderie officielle était délirante, le sexe obligatoire n'est pas moins démentiel. C'est la même source, les figurants offusqués ou décomposés sortent de la même boîte. *Ils sont pareils,* d'où leur nombre, leur pouvoir, et le malentendu général. Au contraire, nouvelle vertu, nouveau vice, nouvelle pudeur. Cette dernière est avertie, offensive, rien à voir avec les rougeurs qui ne demandent qu'à en savoir plus. Si on fait l'amour (comme ils disent), c'est pour savoir si on parle bien de la même chose, souffle de feu central, mariage du ciel et de l'enfer, ou bien illusion réfutable par récusation pratique. Non, excusez-moi, ce n'était pas ça.

Prenons cette poissonnière, par exemple, dans son magasin tout frais et tout neuf. Elle est très grosse mais bizarrement gracieuse, très brune, le teint hâlé, l'œil allumé. Il est évident que son volume doit décourager le client éventuel, même s'il peut être sensible à sa façon précise et expéditive d'éventrer les bars ou les dorades, de les vider à mains nues, de leur couper sèchement la tête, de les écailler, de les laver au jet d'eau, de les peser, de les empaqueter, de vous les jeter dans les bras avec un sourire illuminant ses belles joues rondes. Cependant, son regard vif à droite, à gauche, puis droit dans les yeux, avec sous-entendu du corps tout entier, ne peut pas tromper un pêcheur expérimenté. Il sent sa ligne frémir, il a une touche. En réalité, c'est plutôt lui qui est harponné, le message est clair. À partir de là, comment faire ? Le lieu, l'heure, la formule ? Petit mot griffonné joint au billet pour payer, numéro de téléphone. Pas étonnée, dans la poche. Au magasin, donc, dans l'arrière-salle, au début de l'après-midi, pendant la fermeture. Il y a un vieux canapé défoncé, l'odeur de la marée du matin, et c'est tout de suite évident, *c'était bien ça*. Pas de mots, enveloppement rapide. La ravissante grosse poissonnière est une virtuose, une danseuse pointue, une inspirée légère, pesant dix fois moins lourd que ses concurrentes maigres, son complexe de honte est retourné, elle sait exactement où elle veut en venir avec ce type inconnu qui lui a tapé dans l'œil, hier, à l'improviste, alors que d'habitude personne ne la remarque, que les hommes tenus en laisse ne ressentent rien et que les femmes, surtout les bourgeoises, la méprisent d'office sans même constater sa présence. Un animal a rencontré un animal : banco, l'instinct à travers les vêtements, les conditions, les âges. « Je vous ai réservé un morceau, vous verrez, c'est très bon. » Et en effet, c'est très bon. Mais moins que tes doigts, ta langue et tes cuisses, merveille au sel des fritures et des fours. Et une sirène, une. « Vous viendrez cuisiner le morceau vous-même ? » — « J'aimerais bien, mais mon mari... » On est dans un village, il faut entrer et sortir par la petite porte de derrière. Trois heures, ruelle chaude, personne, le mari et les enfants doivent dormir. Ni vu ni connu, quatre ou cinq fois, et puis l'oubli, mais toujours le sourire. C'est un exorcisme, on n'a pas besoin d'en dire plus. Elle est contente, détendue, gratuite. Divine, elle aussi, donc méconnue.

Je repense à elle, dans le soir doré, en mangeant une dorade au sel avec Maud. À elle, et à bien d'autres, lumières et liberté du cœur. Étoiles dans l'immense nuit conformiste. Sauvagerie, réserve, pudeur. Quelque chose persiste dans les granges, les garages, les greniers, les appentis, les jardins, les caves. Ce livre est un jardin, on l'a compris. Ce que j'écris rejaillit en racines, en branches, en feuillages. Pour bien marquer le coup, je multiplie au-dehors les gestes inutiles, j'en répète certains pour rire, exprès, pour dérouter les automatismes. L'enfance est vouée à l'inutilité éblouie, on la rejoint, on la laisse vivre. Scandale : ce n'est pas une question d'argent. Impossible ? Mais non, la Loi ment.

Qu'est-ce qu'une journée scandaleuse ? Un jour où on s'est beaucoup amusé dans des situations différentes. Le matin, tôt, méditation sur la brièveté de l'existence, sa fragilité, son fond incompréhensible, les souvenirs enchantés du passé. Fin de matinée, bordel gratuit et déjeuner philosophique. Début d'après-midi, rebordel gratuit avec changement de partenaire. Fin d'après-midi, informations cocasses en tout genre, sur l'inanité tragique du travail, de la famille, de la patrie, de la propriété, de la société. Soirée jazzée, nouba, fiesta, bamboula, alcool, vin, femmes, rires, effondrement tardif sur un lit avec prière ardente aux cieux. Et sommeil sans rêves. Et pas la moindre honte. Une vie de peintre, en somme : des courbets, des manets, des degas, des cézannes, des renoirs, des matisses, des picassos, par dizaines. Encore.

La vie d'un saint moderne est là, et le Diable s'en plaint depuis longtemps avec force. Consommer et dessiner sur-le-champ, avec fusain et pinceau mental intégrés, voilà qui démasque tous les trucages d'enfer, les possessions pliées, falsifiées. Le Diable aime les corps noués, les refus, les impasses, la mauvaise conscience, la colère, la frustration, la culpabilité. Il n'aime pas ce qu'il appelle la « permissivité », ou bien il l'encourage dans le seul but qu'elle se casse la gueule et serve de contre-exemple. Il veut des penseurs moraux officiels, le Diable, pas des irresponsables artistes ou des amateurs décalés. Il est plus royaliste qu'un roi, plus sérieux qu'un pape, plus rigide qu'un républicain, plus exigeant qu'un conseil d'administration, plus scrupuleux qu'un juge, plus soupçonneux qu'un percepteur ou une femme mariée. Il s'oppose à l'insouciance et à l'indulgence de Dieu, à ses oublis, à ce qu'il faut bien appeler son laxisme qui finirait par mettre tout le monde sur le même plan de néant. Il irait jusqu'à lui reprocher de ne pas être. Il respire comme il ment, le Diable, ce qui entraîne qu'il ne sait plus qu'il ment, voilà donc sa vérité, un comble. Le Diable est collectif, très engagé, toujours très choqué qu'on dégage. Comme l'a dit un jésuite aigu d'il y a quelques siècles : « Le dégagement est l'âme de toute qualité, la vie de toute perfection, l'élégance en action, la grâce des paroles, ce qui enchante le goût, ce qui flatte l'intelligence —, c'est ce qui ne s'explique pas. »

Le Diable a horreur de ce qui ne s'explique pas.

On ne se plaint pas, on ne s'explique pas.

Appelons ce personnage comme vous voulez, Flamel, par exemple, Nicolas Flamel. Il vient de se réveiller dans la chambre d'un hôtel du cinquième arrondissement de Paris, rue de Pontoise. On est en mai, le printemps fleurit dans la cour. Il sent, par la fenêtre entr'ouverte, une bouffée d'odeur de lilas. Il se lève d'un bond, cherche un miroir, se regarde comme s'il avait du mal à se reconnaître, se lave, s'habille comme s'il enfilait pour la première fois des habits de notre temps, ouvre une mallette posée sur la table et sourit en voyant les lingots et la boîte à poudre. Il avale une pincée, consulte un plan de la ville où il se trouve (elle a beaucoup changé, mais au fond pas tellement depuis six siècles), se rend à une adresse indiquée, ressort avec des liasses de monnaie locale. Il flâne un peu sur les quais du côté de Notre-Dame, passe devant la tour Saint-Jacques, évalue assez vite la situation, rentre dans sa chambre et dort. Le soir, il va dîner chez des amis qui ont l'air de le connaître dans la vie courante, rencontre là une jeune femme à qui il adresse la phrase convenue : « Vous avez quelque chose à me dire ? » Si c'est elle, elle doit répondre spontanément : « Je crois. » Elle s'appelle Maud, et elle dit effectivement « je crois ».

Elle est intelligente. Elle sait où elle va.

Lui, il est français aujourd'hui, disons au moins depuis 1330, mais avant il a été pendant très longtemps africain, égyptien, grec, indien, chinois, juif, arabe, italien. Et puis espagnol, anglais, hollandais, vénitien, autrichien. Paris est quand même la ville où il aime revenir de temps en temps sous sa forme humaine. Paris, et le sud-ouest de la France, vers l'océan. Il retrouve là chaque fois une nouvelle compagne pour continuer ses expériences dont nous savons peu de chose, et uniquement à travers certains livres signés chaque fois d'un nom différent. Aujourd'hui, justement, il a rendez-vous avec un éditeur de la rive gauche. Il a sa lettre de recommandation, l'immeuble est à peu près le même qu'il y a cinquante ans, on lui a dit de demander Cléopâtre, et la voici, petite brune et vive, son nom de code vient d'une allusion dans Shakespeare, mais aussi de son anglais parfait qui lui fera prononcer tout de suite le signal de reconnaissance tiré d'*Antoine et Cléopâtre*, acte V, scène II (je traduis) :

« Son visage était comme les cieux, et il y avait en lui un soleil et une lune suivant leur cours et éclairant ce petit O, la terre. »

Petit O ou petit zéro ? Histoire d'O, en tout cas, mais dans un tout autre sens que le roman de dissimulation publié autrefois sous ce titre. Les temps ont pris un autre cours, seuls le soleil et la lune pourraient en rendre compte (et encore). Le petit zéro terrien est en plein chaos publicitaire, puritain et pornographique, il s'agit d'échapper à la nouvelle Inquisition et à son clergé prêchant l'ignorance et le désordre, ou, ce qui revient au même, le retour ignorant à l'ordre. Flamel est donc là, comme d'habitude, pour faire imprimer de façon discrète (mais n'exagérons rien) un volume plutôt dense pour lecteurs et lectrices éclairés qui ne savent pas encore qu'ils le sont. « De toute façon, plus personne ne lit rien », dit Cléopâtre en riant. « Ce n'est pas nouveau », répond Flamel, impassible. Visiblement, ils sympathisent beaucoup. « Vous publiez et vendez quand même pas mal de livres ? » — « De plus en plus. » — « Normal. » — « N'est-ce pas ? » — « Mais oui, petit serpent du vieux Nil. » Elle rit. Elle sait que c'est son tendre surnom dans la pièce.

Voilà, il a autre chose à faire, il lui remet son

manuscrit, *La vie inimitable*, dont elle prendra grand soin, elle le lui promet. Il n'en doute pas une seconde. Il va chercher une voiture. Il va disparaître avec Maud.

La Cléopâtre de Shakespeare, elle, date de 1606-1607, années-charnières, comme celles d'aujourd'hui. On lit Plutarque, on transporte Londres dans l'Égypte et la Rome antiques, on pense en réalité à la splendeur grecque, on se demande, dans la misère ambiante, pourquoi les Puritains sont devenus puissants au point de faire oublier le corps même du monde (décidément, avec les travestissements qu'il faut, c'est l'éternel retour). Ce corps est un corps de rêve, alors qu'on a rendu la réalité obligatoire, c'est-à-dire sinistre. Nous sommes faits de la même étoffe que les rêves, et notre petite vie est entourée de sommeil. Shakespeare écrit « *rounded by a sleep* » : cerclée, arrondie, annulée, *zéroïfiée*, par un sommeil éternel. Les hommes et les femmes sont-ils destinés à la même éternité ? C'est peu probable, et il est préférable qu'ils n'aient pas à en discuter. Ils se rencontreront pourtant, assez rarement, par tangentes. Ça tombe bien, la scène s'appelle le Globe. Tel est notre modeste traité des tangentes, alpha, oméga, rayon violet de leurs yeux.

Il fallait trouver un frisson nouveau. Le voici, c'est une étoile d'Orient, une reine, une déesse, une Gitane, une simple petite femme noiraude, avec des ruses et des caprices d'enfant. Elle mourra, bien sûr, ainsi que son amant, l'époque le veut ainsi, et ce n'est pas fini puisque l'amour n'est représentable, paraît-il, que s'il est tragique et puni. Au temps de Shakespeare, les femmes sont jouées sur scène par des hommes. Cléopâtre entre donc sous la forme d'un joli garçon : « S'il est soucieux, dites-lui que je danse, s'il est joyeux, dites-lui que je viens de me trouver mal. » Lui, c'est Antoine, dont les plaisirs sont là et nulle part ailleurs, au bord du Nil. Quant à Cléopâtre, ni l'âge ni l'habitude n'ont de pouvoir sur elle, elle est d'une « infinie variété ». Le Romain n'en revient pas, l'Anglais non plus, l'Américain encore moins. Une femme ? On n'avait pas vu ça depuis seize siècles. Et quelle femme : elle augmente la faim par la satisfaction, et « les choses les plus dégoûtantes deviennent elles-mêmes en elle », au point que « plus elle est salope ["lascive" dit le traducteur, prudent], plus les prêtres sacrés la bénissent » (murmures de réprobation dans la salle, heureusement tout cela se passe il y a très longtemps, chez des païens arriérés).

Ai-je bien lu ? La reine change-t-elle le plomb sexuel en or ? Est-elle un creuset d'impuretés qui purifie l'ordure ?

Écoutez cette poissonnière divine : « Donnez-moi mes lignes, allons au fleuve. Que mes musiciens jouent au loin. Je vais tromper ces poissons aux écailles sombres, mon hameçon percera leurs mâchoires visqueuses, et en les retirant je penserai que chacun est lui, et je dirai : ah, ah, tu es pris ! » Une de ses suivantes lui demande si elle se souvient de ses stratagèmes d'autrefois. Et elle : « *That time ! O times !* » Le temps est pour elle un pluriel radieux, comme les veines bleues de ses mains que les lèvres des rois ont baisées en tremblant, comme cette nuit de saoulerie et de rires où elle a fini par renverser son guerrier d'homme au petit matin sur un lit, l'habillant, ivre, de sa robe et s'emparant de son épée de la bataille de Philippes (note de l'éditeur : ville de Macédoine, sur les confins de la Thrace, où Antoine et Octave ont vaincu Brutus et Cassius, les assassins de César, en 42 avant notre ère, et où saint Paul a séjourné en 50 de notre calendrier rectifié). Scène fameuse, on la voit d'ici, un peu d'imagination, que diable, essayez de la jouer vous-mêmes en appartement. « *Music, moody food of us that trade in love.* » Musique, sombre nourriture pour nous qui faisons commerce d'amour... Cléopâtre VII, donc, grande magicienne, « *great fairy* », à qui Antoine vieillissant (et elle aussi a déjà quelques cheveux blancs) dit « mon rossignol, nous avons encore un cerveau pour nourrir nos nerfs », en lui proposant, bien qu'elle l'ait trahi, de « boire à la santé des hasards de demain ». William-Hamlet-Antoine Shakespeare a de bonnes raisons d'écrire : « Plus la Fortune nous accable, plus nous la méprisons... »

— La Dame Noire ? dit Maud. *Black Lady* ?

— *Music, moody food of us...*

— « Notre lune sur terre »... Isis ?

— Isis, Osiris, Soleil, Lune, et ce petit O, « ground zero », la Terre. Remarque que le serviteur fidèle d'Antoine s'appelle Éros. Entends ça, crié par un suicidé mourant sur scène, à Londres, en 1606, à la gueule du clergé local : Éros ! Éros ! Aucun effet aujourd'hui, sauf comique. À moins que...

Quelquefois, poursuit Shakespeare (il aime ce genre de démonstration), nous voyons un nuage devenir dragon, une brume se changer en ours ou en lion, en citadelle avec ses tours, en roc à pic, en montagne à deux sommets, en promontoire bleu avec ses arbres penchés, et tout cela se moque de notre vision dans l'air. J'en suis là : apparition, buée, mirage, vite dissous comme de l'eau dans de l'eau. Et vous aussi, spectateurs. Et vous aussi, la Cour. Et vous aussi, financiers, marchands, truands, pauvres gens. Et vous aussi, villes et temples. Ce qui ne veut pas dire (il tire son épée) que nous n'avons pas de quoi en finir avec nous (il se tue, mais pas tout à fait, ce qui lui permet d'expirer dans les bras de son amour). Et Cléo : « Ô soleil, brûle la grande sphère où tu te meus, fais descendre la nuit sur le rivage changeant du monde... Le pôle est tombé, tout est nivelé, les garçons et les filles sont à égalité avec les hommes, *il n'y a plus d'hommes*, donc plus rien de remarquable sous la lune, cette *visiteuse*... Dans ces conditions, pourquoi serait-ce un péché de se ruer [*rush*] dans la maison secrète de la mort ? [Tête des pasteurs dans la salle.] Elle sera fière de nous prendre, la mort. » (Protestations et huées des pasteurs.)

Shakespeare exagère. Non seulement il fait prononcer par une femme experte en sensualité professionnelle le panégyrique de son amant suicidé, de son corps, de sa voix, de son courage, de ses dons érotiques (« ses plaisirs étaient comme des dauphins trouant de leur dos l'océan »), de sa générosité (« des îles tombaient de ses poches »), mais il transforme l'autodestruction de Cléopâtre avec ses servantes en orgie à peine masquée. Le tableau traverse le temps : on apporte à la reine un panier rempli de figues (suivez mon regard). À l'intérieur, caché dans les fruits, le « *pretty worm of the Nile* », le joli ver meurtrier du fleuve, l'aspic qui tue sans faire souffrir. Il vit dans les joncs et les roseaux des berges, on l'emploie comme poison foudroyant, et la reine ne s'est pas privée autrefois de faire des expériences à ce sujet sur ses ennemis et ses esclaves (exclamations dégoûtées, mais sourdement intéressées, des femmes des pasteurs de Londres). Un petit serpent qui bave un peu son venin dans des figues, je ne vais quand même pas vous faire un dessin. Les trois femmes (oui, elles sont trois) vont se l'appliquer sur leurs seins afin qu'il les morde et les empoisonne. Cléopâtre n'hésite pas à le comparer à un bébé qui tète sa nourrice, sauf qu'au lieu d'être nourri par son lait il la pique de son éjaculation mortelle. « *Be angry, and dispatch* », rage et dépêche, lui dit-elle. Une des suivantes (qui ne s'appelle pas par hasard *Iras*) meurt avant elle, l'autre après. La reine va rejoindre son amant mort, tout cela dans un baume, un charmant souffle d'air. Détail touchant : Cléo a peur qu'Iras ne rejoigne son amant avant elle, il pourrait avoir envie d'elle dans la chambre secrète de la mort (et là nous nous doutons qu'ils ont déjà dû faire pas mal de choses ensemble à trois ou à quatre), il n'y a donc pas une minute à perdre. *Dispatch, dispatch.* Elle insiste : « Je suis feu, je suis air, mes autres éléments, je les donne à la vie d'en bas », *baser life.* Que la poussière retourne en poussière, que le limon, la boue, la terre reprennent leurs droits. Pourquoi rester dans ce monde abject, « *vilest world* » ? Sa phrase s'interrompt sur « pourquoi rester... », et c'est la suivante Charmian qui, en se faisant mordre elle-même par le petit ver glacé, l'achève. Conclusion : ce monde ne mérite même pas un adieu.

Admirable musique qui laisse César, le vainqueur, tout con (ici, le roi et la reine d'Angleterre quittent ostensiblement leur loge, pendant qu'aujourd'hui le président de la République et Madame en auront des cauchemars toute la nuit). Le rideau tombe donc sur trois mortes ravissantes richement parées, trois putains sacrées de haut vol, pendant que des serpents rampent sous les canapés et les tables. Mais quels sont ces serpents sortis des figues, et sifflant encore sur ces seins que nous ne saurions voir ? Le public en reste médusé à travers les âges.

Flamel, qui n'était jamais loin de la plume de Shakespeare, et qui était aussi dans un coin des vieux événements égyptiens, va à la fenêtre contempler, dans un ciel très clair, la lune et l'*eastern star*. Tout baigne dans un calme noir.

Si la morale de Cléopâtre avait été plus courte, la face de la Terre aurait été changée, mais son nez n'en serait pas devenu plus long. Cela dit, elle avait ce nez-là, ces seins-là, cette bouche-là, cette taille-là, ces bras-là, ces chevilles-là, ces cuisses-là. On peut imaginer une autre Histoire : Antoine et Cléopâtre battent Octave, ils viennent annoncer à Rome l'union de l'Orient et de l'Occident, et Flamel, au lieu d'avoir à se cacher pendant de longues années puis des siècles, règle l'harmonie contradictoire universelle au nom de l'étoile flamboyante des amants. Le Soleil et la Lune s'en seraient réjouis, les galaxies aussi, la Terre et l'Océan auraient appris la nouvelle en célébrant ensemble un perpétuel printemps, l'éternité aurait été retrouvée comme une mer mêlée de soleil. Que de catastrophes évitées, que de vies épargnées, que de massacres et de lamentations privés de nécessité, que de mauvais romans non publiés. Mais supposons maintenant que je me présente démocratiquement aux élections avec ce programme modeste : « Il y a plus de vérités que d'erreurs, plus de bonnes qualités que de mauvaises, plus de plaisirs que de peines. Nous aimons à contrôler le caractère. Nous nous élevons au-dessus de notre espèce. Nous croyons ne pas pouvoir séparer notre intérêt de celui de l'humanité, ne pas médire du genre sans nous condamner nous-mêmes », etc., personne ne comprendrait où je veux en venir, je ferais un score ridicule, je serais renvoyé dans mes foyers. D'autant plus si j'ajoutais qu'un poète doit être plus utile qu'aucun citoyen de sa tribu, et que son œuvre est en réalité le code des diplomates, des législateurs, des instructeurs de la jeunesse. Là, je passerais pour fou, les médias se déchaîneraient, les marchés financiers décideraient mon éradication, je serais obligé de changer de nom, de nez, de continent, de planète, bref de cesser, du moins apparemment, d'exister. Tenons-nous-en donc à la version officielle : le paradis est impossible, nous sommes dans une vallée de larmes, l'amour et la gratuité sont automatiquement sanctionnés, à la fin c'est toujours la mort qui gagne, une seule solution : l'effort, le travail, la discipline, le progrès, la liberté, l'égalité, la sécurité, la fraternité, la tolérance, le respect, je l'ai dit et je ne crains pas de me répéter. Là-dessus, bouche cousue et hochons la tête. Ne me dites surtout pas que ce qui est en haut est comme ce qui est en bas, rangez cette table d'émeraude. Inutile aussi de monter à la tribune et de déclarer : « J'adore cette poussière qui me constitue et qui vous parle. » Là, vous seriez arrêté en descendant et guillotiné dans l'instant, ou plutôt conduit, après piqûre, dans un hôpital psychiatrique à traitements chimiques intensifs. C'est arrivé à un poète allemand « frappé par Apollon », disait-il, et, presque au même moment, à un romancier français à imagination trop forte. Les aventuriers se taisent tous un jour ou l'autre, c'est fatal. Auraient-ils mieux fait de la boucler ? Possible. On fait semblant de les admirer (de loin) et de les commémorer, l'eau roule sous les ponts, les comètes et les marées en ont vu d'autres. Il convient malgré tout, discrètement, d'émettre quelques signaux pour les navigateurs du futur. Le chaos reconnaîtra les siens.

Flamel est pressé de retrouver son atelier, de rallumer son fourneau, de travailler, ou plutôt de tisonner en s'amusant, dans les coulisses de la nature. INRI : *Igne Natura Renovatur Integra.* L'actualité ne l'intéresse pas, sauf pour s'en prémunir, ce qui, parfois, entraîne des pertes de temps considérables. Que de déménagements précipités en commençant à entendre, ici ou là, des foules crier des slogans, quelle solitude, que de soucis matériels. Et pourtant, comme par enchantement, tout s'arrange. Les rencontres nécessaires ont lieu, les secours arrivent quand il faut, une étoile veille, le feu reprend, les mutations redeviennent claires. On recommence ? Mais oui, recommencer sans fin, tout est là.

En sortant vers onze heures du soir dans le jardin, sur le pas de la porte-fenêtre, j'ai eu soudain la sensation d'être enveloppé par la nuit. On devrait pouvoir dire un *coup de nuit*, comme on dit un coup de vent ou un coup de soleil. C'était la nuit elle-même qui venait de se retourner, de pivoter, de me faire basculer, de m'inclure. À peine une seconde, vide et rapide, une torsion, un trou. J'ai levé les yeux, rien, la Grande Ourse. Maud était déjà couchée, j'ai décidé de ne pas dormir.

À midi, le lendemain, un arc-en-ciel s'est formé au-dessus de la maison. Plein soleil, et *rond*. Un vrai cercle, une triple couronne multicolore pendant vingt minutes.

— Tu as vu ça ?

— Incroyable.

— Déjà vu ?

— Non.

Pour obtenir la compréhension, disent les vieux textes, il faut regarder l'étoile du Nord en se tournant vers le sud. Voilà, c'est facile et ça vient tout seul. Le monde est un théâtre, on peut le voir de partout à la fois. Ce n'est pas parce que je suis ici que je ne suis pas là-bas. Le passé très ancien est tout proche. Je suis ondoyant, divers, j'ai plus de souvenirs que si j'avais six mille ans, j'ai ainsi habité dans la petite rue des Alchimistes, à Prague, nous allions, mon ami K. et moi, dans les bordels de la ville, je ne suis pas resté longtemps, je devais rentrer à Paris. *La vie inimitable* est bien entendu un titre tiré de ce que raconte Plutarque à propos d'Antoine et de Cléopâtre : « Ils firent ensemble une bande qu'ils appelèrent *Amimetobion,* c'est-à-dire la vie non pareille et que d'autres ne sauraient imiter. » Ce Romain débauché et cette pute gitane ont été aussi loin que possible dans la vérité. « L'éternité était dans nos lèvres et nos yeux, le bonheur dans l'arc de nos sourcils », fait dire Shakespeare à son héroïne égyptienne, la dernière reine de l'époque grecque, avec souvenir lointain de la reine de Saba, la grande Balkis, venue poser quelques énigmes à Salomon en lui apportant des tonnes d'aromates. Après Cléopâtre, en Égypte, c'est l'aplatissement latin et l'arrivée des Arabes. On connaît la suite. Quant à son amant, voici sa déclaration : « Ici est mon espace, les royaumes ne sont que de l'argile. La noblesse de la vie est de faire comme nous » (sous-entendu : personne n'a pu et ne pourra jamais faire comme nous). Cette paire est *peerless*, hors pair, mariage d'Aphrodite et de Dionysos, de Bacchus et de Vénus. Alexandrie, 3070. Londres, 5606. Les dieux ne sont pas convenables, ce sont les mortels qui sont obligés de le croire, parce qu'ils en ont peur.

Elle lui apparaît d'abord en Turquie, sur le fleuve Cydnus, dans un navire d'or aux rames d'argent, avec des voiles de soie pourpres, sous une tente de drap d'or. Les battements des rames sont comme des caresses accompagnées par des flûtes, le navire est chargé de nymphes et de jolis enfants potelés entourant la prostituée céleste, sorte d'anti-Vierge Noire qui meurt, comme c'est curieux, le 15 août 30 avant notre ère. Des parfums sortent des cordages et atteignent le rivage où le héros est assis. Les vents sont extasiés, l'eau brûle, l'art, ici, est ce qui fait aimer la vie plus que l'art. Plus tard, dans les orgies, le vin coulera à flots, et cette femme, élégante et lettrée, parlant six langues, étonnera son amant en lui tenant tête dans la boisson comme dans les débordements. Ils iront de fête en fête, se déguiseront parfois en ouvriers, en marins, en clochards, en domestiques, courront ensemble les rues et les mauvais lieux. On dit même qu'ils ont fondé une *Société des inséparables dans la mort*, rite ultra-secret, jamais dévoilé. Tout cela pour démontrer que la Nature manque d'étoffe pour rivaliser avec les rêves réalisés. Mieux, Cléopâtre est définie ainsi : « Elle ouvre une brèche dans la Nature. »

Une *brèche*, vite, une magie furtive. Une étoile d'Orient.

La Terre est un petit O, un rond de fumée, un mouvement en avant des lèvres, un grain de sable, une voyelle microscopique dans les galaxies. C'est ce qu'ils ont voulu dire au puritanisme éternel. Ils l'ont dit.

Nous sommes donc au début du sixième millénaire et non pas du troisième, ce qui ne fait ni chaud ni froid aux rosiers, aux peupliers, aux magnolias, aux cèdres, aux figuiers, aux ifs, aux saules, aux palmiers, aux lauriers, aux pommiers sauvages, aux noisetiers, aux platanes pourpres, aux chênes, aux pins parasols, aux ormes, aux trembles, aux tilleuls, aux oliviers, aux fougères, aux mousses, au lierre, aux marronniers. Prenons le petit chemin, là, sur la droite. Perdons-nous un peu dans la forêt, jusqu'au fleuve surmonté de vignes. Rassemble ça en toi, avant de revenir dans les villes. Tu en auras besoin pour tenir le coup.

On marche en silence, main dans la main, comme on ne l'a pas fait depuis longtemps. Petite main de Maud apparue dans le genre humain. On a absorbé l'enfance, nos parents, on est loin, on avance. Comment font-ils, là-bas, dans le bruit ? Ils ont bien été obligés de signer un pacte avec l'enfer, ils ont consenti, depuis longtemps, à leur notice nécrologique. Ils regardent avec avidité le *carnet* des journaux, le tableau des incarnations et des désincarnations, nouveaux prénoms, ni fleurs ni couronnes. Ils se sont couchés devant le faux Dieu social, mais oui, c'est un Dieu jaloux, coléreux, libidineux, envieux, un cauchemar entretenu par les esclaves eux-mêmes. Il n'y a de servitude que volontaire (protestations dans la salle). Vous *voulez* ce qui vous arrive (exclamations : « Mais non ! mais non ! »). La racine de la méchanceté est cachée, elle est forte, mais quand on la reconnaît, elle se dissout (quelques cris furieux de gargouilles : « À d'autres ! »).

Reprenons les vieux textes par cette belle journée de printemps, toutes fenêtres ouvertes. « Dieu est un teinturier. » Pas mal. « Le monde est un mangeur de cadavres, et la vérité une mangeuse de vie. » Évident. « La vérité est unique, elle est nombreuse. » C'est l'objet de notre démonstration. « La vérité se repose en elle-même. » Lumineux, comme ce mur blanc frappé de soleil.

Un peu de bouillie télévisée pour mieux saisir la *différence* ? Voilà. « Nous savons qu'il y a un ennemi en face qui ne se lasse pas de ternir notre vocabulaire, de brouiller et d'embrouiller notre terminologie, d'ergoter sur des détails pour obscurcir l'essentiel, de palabrer et de pérorer sur des explications à courte vue, dans l'espoir, trop souvent vérifié, de dissimuler la vérité vitale. »

Résultat : on ne s'entend plus, on ne voit plus ses propres yeux, on ne se sent plus respirer, on a oublié ses pieds, ses doigts, son palais. On fait de la gymnastique pour se rassurer. On est ruminant cliché, on invente des méchants imaginaires, on en veut à la terre entière, on se trouve ridicule, et avec raison. Conséquence : on accepte, on subit, on croit que l'ennui est irrémédiable, et, à ce moment-là, mourir pourquoi pas. Faux pas.

Le vieux texte en question s'appelle *L'Évangile selon Philippe.* C'est un document gnostique en copte traduit du grec, avec des lacunes, des phrases interrompues, des enjambements difficiles à saisir, des ruptures de ton continuelles, ce qui rend sa lecture passionnante, un vrai roman comme il n'y en a plus. Il a été trouvé par hasard, en 1945, par des fellahs, à une soixantaine de kilomètres de Louxor, dans la région de Nag Hamadi située sur la rive sud du Nil. Il était enterré là, avec d'autres, depuis le IVe siècle de notre ère, soit quatre cent trente ans après la morsure de l'aspic. Comme d'habitude à cette époque, on y trouve une description du mariage mystique, remontée de l'âme vers son Plérôme, c'est-à-dire vers son unité à partir de la multiplicité et de la dissémination de la matière. Apparaît là l'histoire de Dionysos Zagreus déchiqueté par les Titans, et qui revit lorsqu'il rassemble ses membres dispersés. Cette ascension discrète échappe à la surveillance des Archontes, policiers et policières de l'ombre. On ne s'évade pas comme ça. Ça ne leur plaît pas. Une seule sortie, et c'est la panique dans le monde d'en bas. On cache donc le fait, on prend des airs, on glose à côté, on falsifie autant que possible les preuves. Téléphones, messages, organisation de l'oubli. Les hyliques (matériels) et les psychiques (comme leur nom l'indique) se liguent contre les pneumatiques (aériens). Le plus curieux est que le ciel retrouvé dans la lumière est désigné comme « la ville de la moquerie ». Il y a, en effet, de quoi rire. « Le Seigneur sourit aux parfaits. » Clin d'œil, ironie, sarcasme, on ne s'attendait pas à un tel accueil. Les dieux sont moqueurs (grand murmure de réprobation dans la salle). Ils se moquent de ceux d'en bas, qu'ils traitent de mangeurs et de mangeuses de cadavres (vives protestations des femmes de pasteurs).

Pas besoin d'enterrer les preuves, elles sont aujourd'hui en évidence pour qui sait les voir. Noyées sous le bavardage et la propagande ? Sans doute, mais ne surestimons pas les forces de sécurité. En réalité, elles s'en foutent, leur indifférence est totale, elles se contentent le plus souvent de vérifier la passivité des passants. C'est un jeu d'enfant de rester inaperçu, de donner des gages. Certains ne l'ont pas pu dans le passé, leur expérience est profonde. Écoute cet Allemand prisonnier : « La ville autour de nous s'endort, la rue illuminée accueille le silence, la nuit fervente vient, peuplée d'étoiles, et tout indifférente à notre vie. » Ou encore : « Les dieux viennent sans être devinés, seuls les enfants s'efforcent vers eux, le bonheur est trop aveuglant, trop clair. » Ou encore : « La mer est le lieu premier de la richesse, eux, pareils à des peintres, assemblent les beautés de la terre. » Ou encore : « Le tranchant du jour ne brûle plus les fleurs, de nouveau une salle s'ouvre, le jardin est sauvé. » Ou encore : « Les joyeux enfants du ciel, le chemin tarde et se hâte, mai porte chance. » Ou encore : « Les frontières du pays, l'île du fleuve, où baignent les eaux bleues. » Ou encore : « Dans l'automne, nous nous concilions les ombres, nous remontons le pays dans la joie. » Ou encore : « Les souffles d'Italie l'accompagnent, la mer envoie avec lui ses nuages, ses plus beaux soleils. » Ou encore : « Les jours se mêlent dans un ordre plus audacieux. »

Oui, voilà le signal : les jours se mêlent dans un ordre plus audacieux.

Et encore : « Sur le lac, une seule onde de joie. De beaux sentiers pour moi verdissent et luisent. » Et encore : « Tous les visages semblent parents. » Et encore : « Ce que tu cherches, cela est proche et vient déjà à ta rencontre. » Et encore : « Je parle en insensé. C'est la joie. » Et encore : « Le dos des dauphins attirés hors des fonds par la lumière neuve. » Et encore : « Le Puissant vit, et toujours sans vieillir repose dans l'ombre. » Et encore : « Pas une île perdue, pas une fleur de tes eaux perdue. » Et encore : « Toutes sont là, les îles, les mères immortelles des Héros. » Et encore : « Du fond des montagnes d'Asie apparaît la lumière sacrée de la lune, au fil des flots les reflets des étoiles se croisent. » Et encore : « Le soleil, fils de l'Orient, porteur de miracles. » Et encore : « Le Nil s'avance et tend ses bras pleins de désirs. » Et encore : « Comment te louer, grand dieu de la mer, toi qui ne meurs pas. » Ou encore : « Permets à mon âme d'aller au fond de ton abîme se souvenir de ta Tranquillité. » Et encore : « Tant de vies sont tranchées, comme jour et nuit, toi tu habites le juste centre. » Et encore : « La fête passe, et toute chose reprendra demain son chemin sur l'étroite terre. » Et aussi : « Une Loi veut que tout se glisse comme des serpents au cœur des choses. » Voilà, voilà, on approche. « Le paysage, avec des poires jaunes et tout fleuri de roses sauvages, se suspend dans le lac. » Ou bien : « Les murs se dressent silencieux et glacés, les girouettes crient dans le vent. » Ou bien : « L'orage à l'horizon s'apaise et gronde encore. » Plus près : « Une fraîcheur d'herbe verdit au sol, et la pluie du ciel, porteuse de joie, goutte à chaque cep. » Encore plus près : « Ce qui est arrivé autrefois, à peine ressenti, apparaît aujourd'hui dans son évidence neuve. » Pourquoi ? « La Nature est plus vieille que le Temps, elle domine les dieux de l'Orient et ceux du soir. » Vous en avez assez ? Vous n'avez rien compris ? Relisez tout lentement comme si vous faisiez une prière. Respirez après chaque ligne. Devenez le papier lui-même. Fermez le livre. Rouvrez-le. Refermez-le. Rouvrez-le. Le soir tombe, n'allumez pas la lumière. Apprenez certains passages par cœur. Mangez légèrement. Allez dormir. On en parlera demain.

Sept heures du soir. Maud s'assoit à côté de moi, contre le mur couvert de lierre, à l'écart. Je mâche une feuille, c'est le bon poison.

Écoute : « La mousse croît, les hirondelles reviennent. » Et encore : « Une étrangère vient à vous, celle qui rompt le sommeil, la voix façonneuse d'hommes. » Aussi : « Tout n'était qu'incessant amour, et ça l'est encore. » Dans le même ton : « Cette heure du matin où le silence remplit l'atelier. » D'un autre : « À quatre heures du matin, l'été, le sommeil d'amour dure encore. » De celui-là aussi : « Réunion des scènes infinies, je te connais et t'admire en silence. » Du premier : « Ce que tu choisis de taire, la plénitude des temps l'a précipité. » Du même : « Les amants demeurent ce qu'ils ont été. Ils se retrouvent chez eux, caresse d'or d'un rayon sur une fleur, souffle de l'esprit, frémissement d'arbres sombres. » Ou encore : « Quelqu'un saura demeurer dans sa liberté tout au long de sa vie, et exaucer soi-même les vœux de son propre cœur. » Ou bien : « L'éclair sillonne et déchire la terre, suivi d'un fuyant cortège de forêts enchantées. » Encore : « De joie, le Futur aussi brille et nous parle. » Enfin : « Des forces étranges se sont confiées à nous, l'étoile qui t'instruit est elle-même devant tes yeux. »

Non, non, jamais assez, je continue : « C'est la loi du destin que chacun se découvre lui-même. » Ou bien : « De fraîches vagues marines hors du désert des flots. » Ou bien : « La grappe, espoir du vin, repose sur les feuilles fauves, comme le bijou d'or qui tremble à l'oreille de la jeune fille. » Ou bien : « Ceux-là s'en tiennent toujours exactement au plus proche. » Ce qui peut se condenser ainsi : « Le plus proche, meilleur. » D'autre part : « Dans la profondeur, l'océan sans un pli repose et brûle. » Ou bien : « Comme un signe de l'amour, la Terre est d'un bleu de violette. » D'un autre, plus tard : « Les salades, les fruits, n'attendent que la cueillette, mais l'araignée de la haie ne mange que des violettes. » Du premier : « La lumière du soleil me réveille des joies passées. » Du second : « C'est trop beau, trop, gardons notre silence. » Le premier : « Tout est intime. » Et encore : « L'amour maintient tout. » D'ailleurs : « Nous mêlons les temps les uns avec les autres. » Du second, plus tard : « Banc vert où chante au paradis d'orage, sur la guitare, la blanche Irlandaise. » Du premier, de nouveau : « Le ciel devient comme la maison d'un peintre quand il montre ses tableaux. » Et aussi : « Quand quelqu'un descend, le silence est vie. » Ou bien : « Joli ruisseau, tu as l'air touchant quand tu roules, clair comme l'œil de la divinité par la Voie lactée. » Du second, soudain : « Plates-bandes d'amarantes jusqu'à l'agréable palais de Jupiter. » Du premier, comme confirmation : « Les escaliers dévalent au-dessous des ceps jusqu'à l'arbre fruitier en fleur qui les domine, le parfum rôde aux haies sauvages où croissent les violettes cachées. » Ceci, pour toi : « L'amante est souvent un ami, l'art presque tout. » Et ceci pour moi : « Je rentre donner un coup d'œil au vin d'or. »

Le « vin d'or » se boit glacé au début du repas, et chambré à la fin. Entre lui et lui, du salé au sucré, le vin sombre. Je reviens vers le lierre, je continue : « Le jour, doucement, passe dans sa beauté. » Ou bien : « Comme le ciel se voûte et se déploie, telle est la joie à l'air libre des plaines. » Et encore : « La perfection règne sans une plainte. » Et aussi : « Les sentiers s'écartent, la vie des hommes se montre à découvert sur les mers. » Tous les chemins mènent ici : « Quand les fleurs du printemps disparaissent, l'été s'enroule à l'année. » La preuve : « Le spectacle est magnifique, l'air est meilleur, le bois est clair, nul homme ne passe. » Autre preuve : « La grandeur des villes ressort très nettement sur l'immense étendue. » Et encore : « La nature apparaît couronnée de clarté, les souffles sont frais. » Encore : « Les champs déploient leur perspective unique, les brises soufflent. » Encore : « Le sens de la claire image vit tout entier. » Encore : « Le plaisir du jour clair semble se hâter. » Encore : « L'esprit de la vie change avec les temps de la nature vivante. » Aussi : « Le bleu du ciel couvre l'éclat du jour. » De nouveau, fais attention : « L'esprit de tranquillité est uni à toute profondeur. » Enfin, cet éclair : « Le fourmillement des astres est fini. »

Est-ce toi qui t'es mise à parler de la guerre de Sécession, des Confédérés contre l'Union, de la phrase célèbre du général sudiste agonisant : « Allons au-delà du fleuve et sous les arbres » ? En tout cas, il serait difficile, aujourd'hui, de trouver un Américain capable, comme celui de cette époque, de chanter ce qu'il appelle la chanson de soi-même. Écoute, je continue mes tailles, mes saisies, mes greffes : « Je ne connais pas de meilleur commencement que la minute même où je parle. » Ou encore : « J'accueille en moi le jeu du rouge, du jaune, du blanc. J'estime intentionnels le bleu, le violet, le vert. » Ou encore : « Je suis amoureux de tout ce qui croît à l'air libre. » Ou encore : « Ce n'est pas moi qui irais pleurnicher dans tous les coins du monde que les mois de l'année sont vides, que la terre n'est que de la boue merdeuse. Assez d'abaissement, assez d'humilité. » Ou encore : « Cette minute même qui m'arrive portée par des dizaines et des dizaines de milliards d'années passées, rien ne la vaut, rien ne vaut ce maintenant » (embrasse-moi, là, tout de suite). Ou encore : « Les oiseaux font des cercles lents dans l'air » (comme ici, maintenant). Ou encore : « J'accepte absolument le Temps, lui seul est rond et complet. » Ou encore : « La voix de la faim sexuelle, voix voilée — mais moi, j'enlève le voile. » Ou encore : « Le présent est le plus infime des atomes connus. » Ou encore : « Je sens le ciel, les prairies, les lacs, les océans, les forêts, le globe lui-même, comme un nageur rapide filant dans l'espace » (regarde, là-bas, ces lents avions et leurs traînées blanches). Et puis : « Pensées d'amour, joies d'amour, odeurs d'amour, fentes d'amour, déroulements d'amour et sève montante. » Ou encore (et ça ne t'étonnera pas) : « Tendres souffles d'avant-midi, venant du sud-ouest. » De plus près : « Le mouillé des sous-bois, à l'aube. » Encore plus près : « Le parfum des pommes, des sauges écrasées, la menthe, l'écorce du bouleau. » Et enfin : « L'indestructible ronde immortelle. »

Bon, tu préfères un Français concentré en mai ? Voici : « Que notre sang rie en nos veines, voici s'enchevêtrer les vignes. »

C'est clair, non ?

A noir, E blanc, I rouge, U vert, O bleu. A-E-I-O-U. LA-LE-LI-LO-LU.

Là, le lit. Là, l'eau lue.

LA noire. LE blanc. LIT rouge. LU vert (univers ouvert en hiver). LO bleu (l'eau bleue). Évidemment pas LO vert (l'ovaire). L'alchimie, on peut le noter, a lieu en U vert (Flamel passe par là, on se souvient que c'est un excellent calligraphe).

Reprenons : sur un lit rouge, un narrateur blanc est allongé près d'une jeune femme noire. En se tournant légèrement sur la gauche, ils peuvent apercevoir, près de leur maison, la grande nappe bleue de la marée montante. Ils sont l'un et l'autre en peignoir (celui de l'homme vert, celui de la femme violet). Ils viennent donc probablement de prendre un bain, avant ou après l'amour. Il est très exactement midi.

Moralité : un coq, ou une poule, préférera toujours un grain de millet à une perle. De même, si un ignorant, ou une ignorante, trouve dans un grenier un manuscrit codé, il, ou elle, s'en débarrassera sans y penser ou le vendra pour presque rien à un libraire.

Une fille, un jour :

— J'ai jeté quelques vieux papiers...

— Tu les avais regardés ?

— Non, pourquoi ? C'était important ?

— Non, non, rien de grave.

(Ici, le type s'évanouit, mais reste debout et continue à sourire.)

— Tu crois vraiment qu'ils ne lisent rien ?

— Pas grand-chose. Un coup d'œil par-ci par-là, deux ou trois pages. Quelques lignes pour renforcer un préjugé négatif. Des impressions vagues. Ce qu'ils pensent être du cul (comme ils disent). Évaluation rapide en fonction de la sociologie ambiante et des intérêts en jeu. Argent ou influence possible. Sinon, rien.

— Des histoires, quand même...

— Oui, en fonction du film ou de la photo. Ils vivent, respirent et dorment dans un film, ils lisent en fonction du film. Tout pour le cinéma ou les magazines. Les intellectuels (paraît-il) dans la rubrique « débats » (dix par jour, toujours les mêmes), les écrivains (paraît-il) dans la case « curiosités » (rose bonbon ou hard sombre). Origines modestes exigées. Avancement au mérite. Le rebelle parvenu, la transgressive intégrée, le provincial têtu, l'académicien folâtre, l'exotique moral, le bafouilleur déchirant, l'étranger recyclé, la perverse mystique. Si rien pour magazines, rien. Un bon périodique, écrit ou télé, se doit d'ailleurs de dire tout et le contraire de tout. AMGG : Ad Majorem Gazeti Gloriam.

— Mais les mots...

— Les mots ? Et puis quoi encore ? On écrit

avec des idées et des scènes, pas avec des mots. Enfin si, ceux qui conviennent. Sirupeux ou violents. Drames familiaux, policiers, historiques, d'aventures, d'espionnage, de voyages, sujets d'actualité, sociaux, sentimentaux, sexuels, c'est-à-dire plongée dans la vie des gens, des vrais gens, ceux d'en bas. Votre livre est formidable, émouvant, bouleversant, quoique, excusez-moi, très plat. Enfin, merci de nous avoir égalisés dans le plat.

— Comme des images ?

— Voilà.

Alors que tout est comme jamais nouveau, que tout est à dire et à redire, à rassembler, à trier, à cribler, à rectifier, à élaguer, à éclairer, à bifurquer, à remettre en perspective et en relief sur fond d'abîme. Les péripéties pseudo-romanesques ou historiques auront disparu quand une phrase, avec ses mots, brillera encore. Le ciel et la terre passeront, mes paroles ne passeront pas. J'écris pour les aveugles, les malades, les désespérés, les enfants, les génies, les putains, les saints. J'écris pour ce moi qui n'est pas plus ce que vous croyez que ce que je crois. Je m'arrête : tous ceux qui se précipitent vers le rien apparaissent. Je m'en veux d'être aussi cruel en croisant les bras. Longtemps j'ai fait l'amour au milieu d'une forêt très claire, j'ai poursuivi mon chemin jusqu'à ce jardin, j'y suis, j'y reste. Ce qui s'efface, j'en suis désolé pour vous, ce sont les personnages, les journaux, les anecdotes, les décors, les états, les états d'âme, les attentats. Ce qui persiste, en revanche, c'est la nature, vous savez bien, la nature, son intimité, sa variété, sa grandeur, sa fureur, sa verdeur. La nature adore le vide, qu'elle manifeste par sa plénitude. La plupart des femmes, c'est fatal, ont horreur du vide social, on les comprend, mais voici un contre-bouquet magique, fleurs du mal, fleurs du bien, Maud, la chanteuse, la poissonnière, Cléopâtre, et maintenant cette petite Chinoise sous la pluie qui met son pouce contre son nez, en regardant, pour faire semblant de ne pas me voir, les fenêtres noires, les toits gris. Bonjour, bonjour, elle sourit. Dis-moi comment tu as trouvé le soleil ce matin, la lune hier, une pivoine la semaine dernière, un fleuve il y a dix ans, un pont, un bateau, un pin, une fille dans l'océan avec un maillot mauve (c'est toi). Pas n'importe quoi, le choc, la vérité du choc.

— Donc, tu crois qu'ils ne sentent rien ?

— Pas grand-chose. Encore une fois, film ou photo. À la limite, ils pressentent qu'il y aurait quelque chose à sentir, donc qu'il faudrait prendre une photo. J'ai vu des Japonais photographier des langoustes avant de les manger, des touristes se rassurer à chaque instant à coups de flashes, mille filles se regarder de temps en temps dans la glace tout en parlant, mille garçons inventer des caméras imaginaires pour des érections non moins imaginaires. Tu connais la blague : « Oh, madame, comme votre bébé est beau ! » — « Et encore vous n'avez pas vu sa photo ! » Ce qui ne veut pas dire qu'il faut éviter les photos, mais les multiplier, au contraire. Quelques autoportraits médités posthumes suffiront. Voilà comment il ou elle se voyait mort ou morte. Rideau.

— La perception...

— Préemptée. N'arrive pas jusqu'à elle-même. Évaluée avant d'avoir lieu. Combien ça vaut ? Combien me donnez-vous pour que j'éprouve vraiment quelque chose ? Suppose : tu es à Versailles, et tu entends chaque visiteur murmurer silencieusement : « Ce Louis XIV, tout de même, quel blé il avait. »

— Les tableaux, les palais, les églises ?

— Calcul immobilier, musées.

— La musique ?

— Pas entendue. Fond sonore.

— Les parfums ?

— Simple mise en valeur.
— Les vins ?
— Idem.
— Les étoffes, les draps, l'eau ?
— Furtives surfaces.
— Les mots ?
— Panneaux.
— Moralité ?
— Rien n'est dit. On vient trop tôt depuis plus de dix mille ans qu'il y a des hommes. Sur ce qui concerne les mœurs, comme sur le reste, le moins bon n'est pas encore enlevé. Nous avons pourtant l'avantage de travailler après les anciens, les habiles d'entre les modernes.

Ou encore, cette hypothèse audacieuse : « La vie est un domaine qui a une richesse d'ouverture telle que le monde humain ne la connaît peut-être pas du tout. »

— Le français serait la langue de la sensation variée, fine, précise ?
— Éclosion, rassemblement. Pôle. Delta. Royaume. Langue royale, a dit quelqu'un, foutus baragouins tout autour.
— Un jaillissement ?
— Une concentration. Encyclopédique. Tiens, j'ai envie de prononcer les mots *charmille, tonnelle, girandole, giroflées, girolle.* Comme ça, pour toi,

pour rien. Sur fond de chansons, du genre : ô saisons, ô châteaux, quelle âme est sans défauts, ou bien : qu'il vienne, qu'il vienne le temps dont on s'éprenne, ou bien : ce charme a pris âme et corps, et dispersé les efforts...

— *Gironde* ?

— Oui, la pointe extrême, livrée aux vents, des montagnes de raisin, d'où la Dordogne descend, où débouchent le fleuve et la royale Garonne, larges comme la mer, leurs eaux unies...

— Et la suite...

— La mer enlève et rend la mémoire, l'amour de ses yeux jamais las fixe et contemple, mais les poètes seuls fondent ce qui demeure. Un-deux-trois. Je me souviens d'avoir cherché mon chemin, là-bas, à travers les vignes, pour atteindre le grand estuaire. Un paysan me guide et me dit : « Voilà, à partir d'ici c'est tout droit, et vous tombez sur la Gire. » *La Gire !* La voici. Vaste mascaret mêlant l'eau salée et l'eau douce, lutte limoneuse presque rouge entre l'océan et le fleuve. Des joncs sur la berge. Personne. Le raisin derrière moi. Bleu silencieux. Courbe à signal de sphère. Tout cela dans un mot prononcé à la sudiste, sans y penser, familier. Tiens, je te le fais à l'antique : Ô toi, la brillante, toi dont le front est couronné de violettes, toi que célèbrent les poètes, rempart de la Grèce, illustre Bordeaux, divine cité !

On est allés se baigner, on a dormi, on travaille, Maud de son côté, moi du mien. Qu'est-ce qu'elle raconte ? Sa vie, en réalité, à travers une histoire qui n'a rien à voir avec la sienne, sa vie comme rythme, pas comme cinéma. Sa propre vibration dans les phrases. Elle est à New York, elle sort d'un hôtel près de Central Park, elle a un rendez-vous discret en haut de la ville. Moi, j'exorcise les deux dernières nuits, avec attaques de l'intérieur. Chassez l'extérieur, il tente de revenir dans vos rêves, on n'en a jamais fini avec les marais du sommeil. Une fois de plus, les caves, les couloirs, les rendez-vous manqués, les communications coupées, les pannes, les mauvaises volontés, les mises en accusation, les rats, les araignées, les rumeurs. Une fois de plus les toilettes, les déchets, les poubelles. Une fois de plus l'attente sans issue dans les soutes. Messes grises dans les catacombes, tortures, cris, oublis. Le médiéval persiste dans ses tours et ses oubliettes. Vous êtes mis à la question, et vous n'avez pas la réponse. Vous vous entendez penser distinctement que vous êtes fou. Combien de fois vous êtes-vous senti mourir, avec cette curieuse manie des infirmières vampires de vous prendre une tension empoisonnée *pour rien* ? Vous êtes un enfant terrorisé, astreint au service sexuel comme on dit service militaire. Vous êtes un champ d'expériences, une recherche de puits de pétrole, Arabie or not Arabie, that is the question. Quelle joie, dans ces conditions, d'être libéré au matin (vous ne serez jamais assez heureux du matin, du rai de lumière à travers les rideaux, les volets, l'espace). Mais, pour l'instant, ils vous tiennent, ils n'ont pas du tout l'intention de vous lâcher. Vous avez voulu faire sécession, fuir, leur échapper, nier la machine, vous ne passerez pas, *la poésie ne passera pas,* vous ne retrouverez jamais le soleil, ni la gratuité de la nature. Finalement, cette histoire bruyante d'humanité est peut-être un simple crime contre nature, un péché originel, une diablerie endurcie, une escroquerie, un truc. N'espérez pas vous en tirer comme ça, le serpent veille. Vous vouliez dormir et vous reposer ? Tous les ennuis du passé viennent se contracter dans la salle, *vous devez rester dans la salle.* Vous avez respiré en société ? Eh bien, voilà l'addition, la note, le relevé, la taxe, le rappel fiscal, l'impôt sur le revenant poinçonné. Société, capitale de l'Ennui. Dieu est devenu Société, donc Ennui.

Le plus étonnant, c'est que tout ça, la vie, la mort, le fonctionnement des organes, leur paraît naturel. Mais à moi, *pas du tout.* Ils en ont pris l'habitude, que veux-tu, mais toi et moi, *pas du tout.* En réalité, on doit compter avec le poids des milliards de femmes frigides utilisées pendant des millénaires pour la reproduction de l'espèce, et avec celui des milliards de névroses, de psychoses et de perversions qui ont proliféré tout autour. C'est la nuit que ça s'exprime. Descendons, souffrons. Et ressurgissons. Dans des chansons d'enfance, par exemple : dans le mitan du lit, la rivière est profonde, la Madelon pour nous n'est pas sévère quand on lui prend la taille ou le menton, qu'il fait bon dormir auprès d'elle, sous la tonnelle on frôle son jupon, tous les oiseaux du monde viennent y faire leur nid, la caille, la tourterelle et la jolie perdrix, enfin n'importe quoi, pourvu que ça chante.

Il fait beau, on jette un coup d'œil distrait sur l'actualité catastrophique (protestations dans la salle), on est de plus en plus distants et proches l'un de l'autre, l'après-midi n'en finit pas, voici la fin du soleil dans les acacias jaunes, brise nord-ouest, mouettes presque immobiles, la nuit sera chaude. Viens avec moi dans le noir, tournons autour de la maison éclairée. Faisons comme si on n'était pas là. Vive la rose et le lilas. Aux quatre coins du lit un bouquet de pervenches. Madelon, Perrette, Fanchon, Marion, Maudelon. Et Jeanneton qui prend sa faucille, larirette, pour aller couper du jonc. Et aussi : à la feuille d'un chêne je me suis essuyée, sur la plus haute branche le rossignol chantait. Ou toute autre fausse naïveté de ce genre.

— Pourquoi des pervenches aux quatre coins du lit ?

— Tu as la grande pervenche à fleurs bleu clair, dite *violette des sorciers*, qui habite les haies, les fossés, les endroits humides et boisés. Et la petite pervenche à fleurs bleu foncé avec des variétés à fleurs simples ou doubles de couleur blanche, violacée ou pourpre. On employait les feuilles en infusion contre les ménorragies, philtre sournois de sorcellerie.

— Tu vas me faire rougir.

— Ménorragie, du grec *mên, mênos*, mois ; et *rhégnumi*, je fais irruption. Donc flux excessif des règles. On attribuait la ménorragie à diverses causes : excitations génésiques, exercices violents, chutes, émotions vives, etc. De là, si tu veux, on va vers *violette*. « L'araignée de la haie ne mange que des violettes. »

— Allons-y.

— *Violette*, de l'ancien français *viole*, même origine que *violon*. Tu mélanges le rouge et le bleu (I et O), et tu obtiens le violet : IO ! (le cri des cérémonies bachiques). Si tu reçois un coup soudain sur la tête, il n'est pas impossible que tu voies des anges violets. Mais la violette elle-même, admirable fleur sur fond noir, se déplace dans des tas de variantes. La violette de la Chandeleur est la perce-neige. Celle des dames, ou violette musquée, est la giroflée des jardins. La violette tricolore, la pensée. Le bois de violette est le palissandre. La violette hâtive, ou tardive, est une variété de pêche, la violette ordinaire une variété de pomme. La violette glacée est tantôt une jacinthe, tantôt une anémone. Enfin, on n'arrête pas le progrès, la grosse violette longue est une variété de figue. Un dessin ?

— Non.

— Il y en a plus de cent espèces, et les fleurs, naturellement, sont hermaphrodites. Dans la violette odorante circulent des noms, et pas n'importe lesquels : le tsar, la France, la reine Victoria, Berthe Morisot, la violette des quatre-saisons, celle de Parme, Marie-Louise. On a le choix entre le haut et le bas. Le peintre français Édouard Manet était un grand amateur de violettes. On devrait se demander pourquoi. La vérité, en un sens, est violette.

— On joue au viol ?

— Qui commence ? Toi ou moi ?

— Moi.

Après quoi, il est toujours temps de réécouter des vieux Thelonious Monk (il a eu de drôles de parents, son second prénom est *Sphere*), ceux de la collection de Londres. *Evidence* (1948, 5 minutes, 21 secondes), *Misterioso* (6 minutes 23), *Crepuscule with Nellie* (1957, très court, 2 minutes 20, dédié par Monk à sa femme), *I mean you* (un des plus beaux, 7 minutes 49), *Criss Cross* (inoubliable, 3 minutes 39), *Ruby my dear* (6 minutes 9), *Nutty* (deuxième prise, 4 minutes 45), *Hackensack* (deuxième prise, 7 minutes 55).

On n'a jamais entendu traiter un piano comme ça, force et délicatesse, de biais, sur un pied, à l'envers, en boitant, en s'enfonçant, en s'affirmant, en se désaccordant du faux monde où on n'écoute rien, où on fait semblant. C'est l'appel, à travers le brouillage, d'un moine sphérique tranchant, fou, c'est-à-dire enfin en pleine raison retrouvée par-delà le bruit permanent. Il vous dit adieu, il s'éloigne, crépuscule avec Nellie, eh oui. Bizarre photo sur la pochette du disque : assis sur un tabouret, tournant le dos au piano, jambes écartées, pieds et mains étrangement solidaires (on joue aussi du piano avec les pieds), regardant, bouche entr'ouverte, la fenêtre éclairée, le tout avec une expression sauvage, effrayée (blanc de l'œil, éclat des dents, blanc et noir des touches du clavier comme les pièces d'un échiquier). Au fond, une porte vitrée très blanche, store fermé. Sur le piano noir, une assiette blanche, une partition blanche, une fine statuette chinoise en mouvement. Noir profond, blanc violent, musique violette.

Quelle heure est-il ? Tôt le matin, sans doute, éclairage vif de New York. Il va se retourner dans trente secondes, et jouer, s'échauffer, frapper là, sur place, dans la forêt embrouillée des notes. Pas beaucoup de notes ou d'accords, n'est-ce pas, juste ce qu'il faut pour montrer qu'on ne joue pas comme il faut, mais comme il faudrait. *I mean you* : c'est de toi qu'il est question, oui, toi, viens à ma table, je te pense et te comprends mieux que tu ne le feras toi-même, je suis le transitif en transit, traçant, tournant, plaquant, basculant, pointant. N'oublions pas la section rythmique, derrière, qui réagit sec, au dixième de seconde, dans l'ombre.

Tu sais quelque chose que je ne sais pas, je sais quelque chose que tu ne sais pas, poursuivons, improvisons, jouons. Et réécoutons *Evidence*, avec sa ponctuation d'atomes. Et dormons.

J'invente le verbe *silencier*, il le faut. On silencie une chambre, un appartement, un quartier, un boulevard, un taxi, un avion, une émission de télévision, un stade, une foule hurlante. J'ai l'air de vous écouter, je silencie. Je me surprends en train de me silencier moi-même. Les oiseaux m'aident beaucoup dans ce sport, les étoiles aussi, la peau de Maud plus encore, ses épaules, ses bras ronds, ses mains, son odeur foin-pêche, le bout de son nez, son cou. Je la regarde, là, de l'autre côté de la table basse donnant sur l'océan, un peu cachée par le bouquet de pivoines roses. Les pivoines boivent beaucoup d'eau, elles sont concentrées et ébouriffées, elles se fouettent de l'intérieur, on en mangerait. Les yeux mangent, les doigts écoutent, les oreilles sentent, le nez voit. On vous en empêche ? Normal, et tant mieux. À vous de passer sans demander la permission, pas besoin de forcer, laissez venir, laissez vivre.

Le peintre Renoir, à la fin de sa vie, a les mains paralysées, il peut à peine tenir son pinceau, un journaliste lui demande comment il va faire. L'autre, volontiers trivial quand on l'ennuie, répond que, s'il le faut, il peindra avec sa queue (mines pincées dans la salle, une femme de pasteur s'en va ostensiblement, suivie par un écrivain des Éditions Nocturnes, un militant homosexuel des éditions PAL, et la correspondante des *Inconvertibles*). D'autant plus que Renoir (quel nom, Re-noir, pour un peintre de femmes épanouies en couleurs) ajoute bientôt : « Quels êtres admirables que ces Grecs, leur existence était si heureuse qu'ils imaginaient que les dieux, pour trouver leur paradis et aimer, descendaient sur la terre... Oui, la terre était le paradis des dieux. Voilà ce que je veux peindre » (rires de commisération dans la salle, une voix de jeune branchée : « Vieux con ! », un avant-gardiste vieillissant : « Tocard ! »). Le peintre fou et de très mauvais goût (ses femmes sont trop grosses, impossible de les utiliser pour la publicité) continue : « C'est dommage qu'on ne puisse pas raconter plus tard que je peignais entouré de nymphes et couronné de roses, ou encore avec une belle fille sur les genoux, ce qui devait être un peu gênant » (la salle se vide). Seul : « Quand une chose est triste, on trouve toujours ça bien. Faites quelque chose de gai et on vous tombe sur le dos. »

Silence.

— Bon, tu es ma baigneuse. Mais on n'est pas à Bougival, à Croissy, ou au restaurant Fournaise, à Chatou, et il n'est pas question de peindre des déjeuners de canotiers en invitant des grenouilles...

— Des grenouilles ?

— Mot d'autrefois pour désigner des femmes de petite vertu. Définition : « Pas exactement des prostituées, mais cette catégorie de filles libres caractéristiques des mœurs parisiennes du temps, changeant d'amant facilement, se passant une fantaisie quand cela leur disait, sautant sans s'étonner d'un hôtel particulier aux Champs-Élysées à une mansarde des Batignolles. Elles ont joué un grand rôle dans les années qui ont précédé et suivi la chute de l'Empire. On leur doit le souvenir d'un Paris brillant, spirituel, amusant, et les peintres ont trouvé chez elles de nombreux modèles bénévoles... » Le mot important, ici, est évidemment *bénévoles.* On croit rêver. Au fond, Proust a beaucoup souffert de tout ça, Albertine, Andrée, Odette, grenouilles diverses... Comme il l'écrit à tort dans *À l'ombre des jeunes filles en fleurs* : « Le phénomène du bonheur ne se produit pas, ou donne lieu aux réactions les plus amères. » Orchidées, cattleyas, sabots-de-Vénus... Il est vrai que, comme un cygne noir dérivant sur l'eau, il observait tout ça plutôt depuis l'autre rive, celle des crapauds... Disparition des grenouilles, retour des gargouilles, coulisses sorcières, défilés mannequins... Titre actuel : *Sous les spots des jeunes débutants sans fleurs...* Routine Sodome, Dépression Gomorrhe... Au fait, où sont passés les arbres, l'herbe, les nuages, les rivières, la lumière, les reflets, la gratuité, la gaieté, l'*esprit* ? (Ricanements dans la salle.) Tu as apporté la coke ? Elle est bonne ? (Cri unanime des pasteurs déchaînés : enfin !)

— D'autres titres possibles ?

— Oui : *Paradis dans le désert,* avec narrateur extatique prêchant l'oasis suprême dans le Sahara. Plus populaire : *Diamants pour les truies.* Carrément érudit : *Vox clamantia in deserto.* Ultra-décalé : *Mignonne, allons voir si la rose...* Si je te dis que tu es *mignonne* et même *gironde,* qu'est-ce que ça te fait ?

— Bizarre.

— On est entré dans ADC, artifice, dérision, cruauté, contre NHB, nature, humour, beauté. Ouvre les bouquins qui se publient : morne plainte. « Moi, je ne m'intéresse qu'au cannibalisme entre les personnes », me disait une amie, il y a longtemps. « Les écrivains sont des prédateurs, c'est leur qualité principale. »

— Tu n'es pas d'accord ?

— Mais non : l'erreur est la légende douloureuse, l'homme ne doit pas créer le malheur dans ses livres, il faut faire voir tout en beau.

— Aucun succès.

— Pas dit.

À quoi bon raconter le parcours du combattant dans les intervalles ? Vous prétendez décrire la vie d'un homme et d'une jeune femme sur une île civilisée, sans les difficultés et les cannibales de Robinson Crusoé ? Pas la moindre crise, convulsion, scène de ménage, bouderie, terreur réciproque, injure, grimace, panique, agressivité, sournoiserie destructrice ? À qui voulez-vous faire croire ça ?

Je pourrais réciter les obstacles avant d'arriver ici avec toi (pour l'argent, ça va : tu en as, j'en ai, changeons de sujet). Il y a eu celles qui voulaient m'enfermer, me transformer en divan à écouter leurs histoires ; celles qui me suivaient partout comme si je leur étais mystiquement destiné ; celles qui n'arrêtaient pas de m'écrire des lettres cinglées ; celles qui me menaçaient sans arrêt de prendre des somnifères ou de se jeter par la fenêtre ; celles qui répétaient partout que j'avais « abusé » d'elles (tout à fait mon genre) ; celles qui avaient décidé de m'épuiser sexuellement pour voir quand je craquerais ; celles qui me téléphonaient à chaque instant sans se préoccuper de savoir si elles interrompaient une phrase (et alors ?) ; celles qui voulaient sortir le soir, aller au cinéma, paraître dans des dîners ; celles qui pensaient pouvoir écrire sans avoir à écrire ; celles qui me parlaient de leur analyse ; celles qui se demandaient si elles ne devraient pas en faire une ; celles qui tenaient absolument à faire l'amour pour s'en plaindre ; celles qui détestaient ça (et pourquoi pas, après tout, est-ce que je fais, moi, du ski nautique ?) mais me reprochaient de ne pas le leur proposer ; celles qui suggéraient que j'élève leurs fils ou leurs filles ; celles qui se rendaient malades *exprès* ; celles qui laissaient entendre que leurs fins de mois étaient difficiles ; celles qui rêvaient sans fin de déménager ; celles qui passaient leur temps à enterrer leur mère, leur père ou leur frère, tous morts, pourtant, depuis des années ; celles qui se voyaient toujours en voyage ; celles qui décidaient, sans mon accord, de se démarier pour se remarier, de faire avec moi un enfant, un autre enfant, un troisième enfant ; celles qui me trouvaient trop jeune, trop vieux, grossi, fatigué, largué ; celles qui me pressaient de mourir ensemble ; celles qui faisaient semblant de jouir pour que je finisse plus vite sans s'apercevoir que je faisais moi-même semblant de finir ; celles qui mentaient toujours, par principe, en croyant que ça m'intéressait ; celles qui m'interrompaient à peine avais-je commencé une phrase ; celles, enfin, qui me contredisaient quel que soit le sujet abordé (là, on touche des cocasseries d'abîme). Sans parler des débutantes se précipitant, se déshabillant, se ruant pour une fellation maladroite, au cri de « peins-moi ! », aux antipodes des modèles bénévoles. Bref, le temps perdu du harcèlement psychique et de la folie *innocente.* Des heures et des heures. Ça s'appelle être sur le motif pour mieux apprécier son contraire. Des expériences voulues, endurées, notées. Je tiens le système, je le révèle : l'avenir m'en sera éternellement reconnaissant.

Et puis, il y a les autres, les bénies, les inattendues, les passagères, et même, parfois, les longues durées cachées éclairées. La physique a ses lois fibrées, le corps a ses raisons que la raison finit par connaître. La belle Irlandaise, la jeune Hollandaise, la noire Brésilienne, la sublime Indienne, et l'Anglaise, la Japonaise, la Polonaise, la Bordelaise. Très vite, un soir de fête, ou très lentement, une nuit de grands sentiments. D'un côté le magma, de l'autre l'étincelle. D'un côté la mauvaise foi plombée, de l'autre l'éclat des fées. Loin des proximités jalouses (rien ne ressemble plus à une femme désagréable qu'un homme désagréable, bonjour les faux amis devenus filles vieilles filles), la trouvaille, le partage, la grâce, le *pardon.* Toute existence est une offense à l'autre, chacun et chacune veut plus ou moins la mort de l'autre, mais voilà, je te pardonne d'exister, je t'aime. Et toi, aime-moi, c'est-à-dire pardonne-moi d'exister. Mieux : je te remercie d'exister. Tu peux penser la même chose à mon sujet ? Tout va bien, pas besoin de déclarations fracassantes. Sous-entendu, regard, main posée où il faut, le genou, la joue. On verra plus tard pour les excitations d'usage. Elles sont déjà là, ça va marcher, un halo violet vient de briller.

Un ange passe. Du bien ? Du mal ? Les deux. On va trouver d'emblée ce que chacun aime. Oui, plutôt comme ça, c'est ça. Et voilà. Et adieu ou à bientôt suivant les circonstances. Les amants sont évidents, mais personne ne les remarque. Amants, heureux amants, voulez-vous voyager, que ce soit aux rives prochaines. Soyez-vous l'un à l'autre un monde toujours beau, toujours divers, toujours nouveau, tenez-vous lieu de tout, tenez pour rien le reste. Et mille autres refrains du même ordre semés dans le vent à travers les tempêtes du temps. Tu vois tous ces personnages avec leurs costumes ? Ils vont être nus d'un moment à l'autre, se donner autant de plaisir et de tendresse qu'ils le pourront, naviguer à vue, toujours en alerte, éviter les écueils, jeter l'ancre, repartir doucement. Ils sont sur leur bateau, *L'Étoile des amants.* Cachez-vous bien, frères et sœurs de la côte. Ne signalez pas votre position. Virez quand il faut, mentez, masquez-vous, taisez-vous, ne faites confiance à personne, ne donnez jamais les noms sociaux, ne balancez pas vos partenaires. Vous êtes les vrais terroristes d'une époque qui les cherchera partout, sauf là. Tout doit servir à votre cause, drapeau noir, baie introuvable, signaux codés et discrets. Et puis, un jour ou l'autre, vous êtes morts, vous voilà en cendres. Anéantis comme il faut, rires, chansons, saouleries, danses, bains, murmures, sommeils, illuminations, gémissements dorés, gentillesses. Quelque chose n'a pas été dit. Tu l'entends ?

Flamel parcourt la vieille bibliothèque. Il prend des livres, retrouve un passage, traduit à sa façon, fait lever les ombres, les accueille, les interroge, écoute avec attention. Il se retrouve avec elles dans des palais, des prisons, des faubourgs, des auberges, des granges. Il compte les soupirs, les petits mots, les surnoms. Il y a des papiers dissimulés, brûlés, des chevaux, des trains, des voitures. Et puis des chambres, et encore des chambres, et encore des chambres. Une Irlandaise joue de la guitare, une jeune Hollandaise pose dans le jaune et le bleu, une noire Brésilienne danse et jouit sur son partenaire, une Indienne prépare à fumer comme on n'a jamais fumé, une Japonaise regarde des cassettes pornos, une Polonaise va devenir une grande amie, une Bordelaise connaît toutes les cachettes, une Anglaise rose et blonde chante le matin dans la salle de bains. Il ne faudrait pas oublier la Lilloise, la Grenobloise, la Chinoise. Des hôtels, vite fait, bien fait. Bénévoles. Quand ça leur disait. Revenues chez elles, solitude, maris, enfants, cris, soucis, aucune importance. Ville officielle, conversations habituelles, nouvelles habituelles. L'une d'elles sort un moment fumer une cigarette sur un balcon, lève les yeux, voit l'étoile. Se souvient légèrement. Puis, fatiguée, rentre tenir son rôle dans le faux roman.

Que disent encore les vieux textes ? Des choses comme ça : « Vous verrez alors que le pays de la pureté et le pays de la souillure ne sont que bavardage, que dès l'origine il n'y a rien qui demande commentaire ou explication, que l'esprit n'est pas quelque chose appartenant à un domaine de la conscience ni à un objet de compréhension. » Ou encore : « Un moment vient où on est arrêté dans la recherche comme si on était arrivé à la source d'une rivière ou si on avait le chemin bloqué par une montagne. C'est le moment où l'arbre et la glycine qui l'entoure se brisent, quand la distinction entre le sujet et l'objet est tout à fait effacée, quand la recherche et le cherché se fondent. C'est la paix. » Ou encore : « Quand le moment de la plus grande fixité survient, ils sont comme s'ils étaient assis dans un espace vide, ouvert de tous côtés, s'étendant sans limites. Ils ne savent pas s'ils sont vivants ou morts, ils se sentent si extraordinairement transparents et libres, comme s'ils étaient dans une grande piscine de cristal ou enfermés dans une masse de glace solide. Assis, ils oublient de se lever, debout, de s'asseoir. Aucune pensée, aucune émotion. Soudain, ils éprouvent quelque chose comme une explosion, comme si la glace se brisait, comme si une tour s'écroulait, et cet événement s'accompagne d'une joie immense. En revanche, ceux qui se noient dans l'océan de la naissance et de la mort sont comme des enfants errant en pays étranger. »

On est fous ? Sans doute. On s'en fout ? Royalement.

Maud, petite Française, il faut quand même savoir d'où tu viens. D'un grand pays disparu, magnifique, dont des livres, des tableaux, des poèmes, te parleront à mi-voix, si tu veux. J'ai été, moi aussi, un enfant amoureux de cartes et d'estampes, pour qui l'univers était égal à son vaste appétit. Mais de vieux titres de musique suffiront peut-être à éclairer ta mémoire. Écoute : *L'Enchanteresse, La Fleurie, Les Idées heureuses, Les Papillons, La Ténébreuse, Les Laurentines, La Favorite, Le Réveille-Matin, La Tendre Fanchon, La Badine, Les Vendangeuses, Les Agréments, Les Barricades mystérieuses, Les Bergeries, La Ménetou, La Juliette, L'Henriette, La Guyanaise, La Créole, Les Petits Âges, La Muse naissante, L'Enfantine, L'Adolescente, Le Temps retrouvé, Les Délices, Les Folies françaises, L'Étoile des amants, Le Cœur absolu.* Tu ajoutes une chaconne, un rigodon, une passacaille, une sarabande, et tu fais le tour du jardin. Si tu veux en savoir plus, comme le dit un explorateur du passé, deviens toi-même le livre, et l'essence.

D'où vient ce rêve dans lequel, derrière une porte, j'entends une voix semblable à la mienne dire distinctement qu'il reste à accomplir « un rêve de pierre » ? « Ça, c'est autre chose », ajoute la voix. « Peu y parviennent. » J'ouvre les yeux, il est trois heures du matin, mon corps est lourd et informe, ma tête pèse trois tonnes. Ai-je encore un squelette, des bras, des jambes, un cœur qui bat, le souvenir automatique de la position debout ? N'ai-je pas été mis au tombeau par erreur ? Pourrai-je pousser la pierre du sépulcre (car je ne me prive de rien, tout ça doit se passer il y a deux mille ans en Palestine) ? Rêve de pierre ? Il y a, bien sûr, les vers de Baudelaire dans son poème un peu idiot *La Beauté* : « Je suis belle, ô mortels, comme un rêve de pierre, et mon sein où chacun s'est meurtri tour à tour... », etc. Bon, du calme, adoucissez-moi ce sein, changez-le en coussin. Non, il s'agit plutôt des pierres de rêve chinoises, j'en ai une, ici, devant moi, une vague veineuse bleu sombre, un sein justement, et la tradition veut qu'en méditant devant elle on atteigne un jour ou l'autre l'illumination. Mouvement dans l'immobilité, saisissement dans le déferlement brusque. Quoi qu'il en soit, je ne suis pas mort, c'est plutôt une bonne nouvelle. Je me lève sans bruit, je vais jusqu'à la chambre de Maud la sentir dormir. Un rai de lumière venant de l'escalier en bois tombe sur un de ses pieds, le droit, nu, en équilibre hors du lit. Je l'embrasse doucement (ne pas réveiller), je l'entends respirer à peine. Mon Dieu, mon Dieu, mène-moi dans le chemin du toujours, tout souffle de vie te rend gloire, et ta gloire est dans la puissance déployée du ciel. Plante-moi près de l'eau, pendant que tu les transformes, eux, en paille, en poussière, tends l'oreille à la voix de mon cri, efface leurs noms, sauve le mien dans le tien qui est immense sur toute la terre. Ne me laisse pas tomber dans le filet, la fosse, le trou, le piège. Tu visites la nuit, toi, penche-toi, écoute-moi, pendant qu'ils sont enfermés dans leur graisse. Fais-moi sortir au large, fourre-les comme un four au feu. Tu es le dieu de la multitude d'étoiles, c'est dans ta lumière qu'on voit la lumière, car mille ans sont pour toi comme un jour, un tour de garde dans l'ombre, pendant que nous passons par le feu et l'eau et que tu nous conduis à la plénitude. Ma langue est une plume qui va vite, mais eux vont et viennent dans leurs bavardages, leurs aigreurs, leurs rancœurs. Toi, tu connais la joie des îles dans leur multitude, tu pourrais faire applaudir les fleuves, danser les montagnes, nous mener droit au port de nos désirs, et pourtant je dois rester en train de veiller, et de veiller encore, comme un oiseau seul sur un toit.

Rêve de pierre, voilà : l'eau jaillit du rocher, c'est la source. Ou bien : la pierre qu'ont rejetée les bâtisseurs est devenue la pierre d'angle. Ou bien : tu appelles toutes les étoiles par leur nom, donne-moi celui de la mienne.

Vite, sur le papier, à l'aube. Fuite en Égypte dans la nuit des temps. Tout est gris salé, la respiration de l'océan commence. Pesant mammifère se sentant oiseau. Il faut un naturel ancien d'acrobate pour passer à travers cette foule d'animaux empotés, un don de cascadeur, de trapéziste, de virtuose à la corde, aux anneaux, aux agrès. Ils sont tous et toutes tristement massés dans leurs histoires de sexe, ils tournent autour, ils piétinent dans leurs ratés, voyons si on peut maintenir malgré tout un temple à ciel ouvert, sans fondations, sans toit, sans colonnes. Observe ton vœu, malgré la nuit seule et le jour en feu, donc tu te dégages des humains suffrages, des communs élans, tu voles selon...

SELON. Les dieux ont disparu, tant mieux, Dieu s'est absenté, encore mieux, pas de peuple ou de communauté, de mieux en mieux. Quel matin brillant, calme, civilisé, sauvage. Laisse-toi dormir, toi, pas loin, fais confiance au fond, ne prends jamais au sérieux le film du dessous, les glissements de terrain, les enfermements, les vampires, la lave. Regarde : le monde bleu est bien là, sphère, fleur. J'avais oublié cette grosse pierre blanche abandonnée au bout du jardin. Je vais aller l'embrasser, elle le mérite.

— J'ai entendu du bruit dans l'escalier, vers trois heures.

— C'était moi.

— Tu rôdes la nuit ?

— Je veille.

— Sur moi ?

— Sur toi, sur moi, sur eux.

— Sur nous ? Sur tous ceux qui seront comme nous ?

En fin d'après-midi, c'est l'orage. On reste allongés sur le grand lit pour mieux ressentir les éclairs. Ils déchirent le ciel de partout, on est entourés de zébrures. Et voici la pluie, la pluie sobre et divine. Encore des éclairs. Encore. Viens mieux contre moi, là, c'est le moment favorable.

Dans les vieux textes, la couleur de certaines voyelles change : A est jaune, U blanc. Le jaune évoque l'énergie qui se diffuse en dissolvant ce qu'elle a fait naître, la terre et le feu. Le blanc est lumière et s'occupe de l'espace et de l'air. Ces deux voyelles fondamentales rencontrent le M noir, les ténèbres, d'où sortent et rentrent la lumière, le ciel. AUM, c'est OM, la syllabe sacrée sur laquelle on doit méditer sans arrêt pour trouver le lieu et la formule. Elle traverse les mondes et elle-même, toi, moi, n'importe qui, comme une huile en jet continu ou un bourdonnement de cloche lointain. « Dix millions de soleils resplendissent à l'intérieur de tous les hommes » : dommage qu'ils ne s'en doutent pas, se fassent exploser pour rien, se disputent, s'ennuient, travaillent, accumulent, dépensent, en attendant la fin du spectacle qui, par définition, n'arrive jamais.

Encore des histoires d'oiseaux, puisque ceux

qui parviennent à voir la syllabe sous cette forme sont lavés, paraît-il, de toute souillure. C'est la migration, la transmigration, où il n'est pas évident de voler ou de ne pas voler à sa guise. *Selon.* Enfin, soyons intime, de plus en plus ténu et intime, écoutons la syllabe monter, se faufiler, se dresser, sortir, s'épanouir. Au passage, on peut entendre et voir de loin, se rendre au loin instantanément, prendre n'importe quelle forme, devenir invisible, obtenir la perfection du langage, changer l'urine en or, voyager dans l'espace cosmique, planer au-dessus des eaux comme une brise légère, voir comme les aveugles, entendre comme les sourds, ou simplement tenir son corps pour un morceau de bois. C'est commode. D'autant plus que, si on atteint la délivrance, c'est-à-dire le grand bonheur, on se retrouve dans un isolement admirable. Oh oui. « Plus rien ne peut l'atteindre, même si l'univers se dissout. » Oh oui, oh oui, mais surtout ne le dites à personne. Comment ça vient ? En marchant, en restant assis, en respirant, en mangeant, en dormant, en faisant l'amour consciemment.

Voyons : on est en terre des pieds aux genoux ; en eau des genoux au cul ; en feu du cul au cœur ; en air du cœur aux sourcils ; en éther, enfin, des sourcils au sommet du crâne. Ce n'est pas si difficile, c'est même évident. À ce moment-là, on peut prendre le bateau qui franchit le fleuve des renaissances, agitation au début, calme ensuite. Cela se manifeste de soi-même, ne peut pas se mesurer, ne bouge pas et ne peut pas être abîmé, et, Dieu soit loué, n'éprouve aucune souffrance. Il suffit de se recueillir, vois-tu. Maintenant, une pause, on boit, comme de l'opium, le vin des amants : mollement balancés sur l'aile du tourbillon intelligent, dans un délire parallèle, ma sœur, côte à côte, nageant.

Question de souffle. Vers le son sans forme qui est comme une goutte d'ambroisie (là, sur la langue). *C'est, c'est conscient, c'est heureux.* Ce que tu vois, c'est toi ; ce que tu entends, c'est toi ; ce que tu sens, c'est toi ; ce que tu goûtes, c'est toi ; ce que tu touches, c'est toi, mais attention, toi n'est pas toi, et moi n'est pas moi. Il s'agit d'un arc, d'un esprit, d'une flèche. Si loin, si près. Sperme dans la lune, sang dans le soleil, des choses comme ça.

Et encore des couleurs d'espace : l'Est est blanc ; le Sud-Est, rouge ; le Sud, noir ; le Sud-Ouest, bleu ; l'Ouest, transparent ; le Nord-Ouest, émeraude ; le Nord, jaune ; le Nord-Est, perle. Qu'importe, on veille, on rêve, on dort profondément, on finit par être au-delà de ces trois états, et au-delà de cet au-delà. On ne reviendra pas. Si, par hasard, on traîne encore un peu par ici, on aura intérêt à paraître très ordinaire, un peu vulgaire, naïf, enjoué pour rien, simple d'esprit ou même, carrément, débile mental. Frères idiots, je vous aime, je me reconnais en vous, je vous comprends. N'ayez le cœur contre nous endurci. Pardonnez-nous d'être encore parmi vous, ça ne durera pas si longtemps, promis. Les yeux des idiots voient la vérité de plus près, je l'ai éprouvé, je sais de quoi je parle. Leur âme vole selon... Embrasse ton idiot, idiote, donne tes petits seins soyeux. Voilà. Quel sourire. Le temps ? Quel temps ?

Flamel se réveille à Venise en fin d'après-midi. On est en juin, il fait beau, des bruits de marteau contre une coque, venant du quai, entrent par la fenêtre entr'ouverte. Il a très bien dormi, mais ce qui l'étonne (un peu), c'est d'être à la fois allongé sur un lit et complètement immergé, là-bas, à l'ouest, dans une drôle de brume poudroyante et claire. Cette brume a des intentions, elle parle, elle murmure, elle est pleine de significations, d'allusions, de petites chansons. C'est un grand nuage de sens immatériel, une condensation aérée d'atomes. C'est bourré d'histoires, d'expériences, de situations, de syllabes roulantes, de voix souples, de passé, de présent, d'avenir. La dernière fois qu'il a eu une sensation aussi forte se perd pour lui dans le temps : un rapt de feu, un foudroiement sur place, à Paris sans doute (oui, il revoit le lit). Ici, tout lui est familier, les ruelles, les places, les puits, les arbres, les toits, les terrasses, les jardins fermés, les bateaux, les canots, les mouettes, les chats. L'endroit où il se trouve n'existe sur aucun plan, il fait semblant, lors de ses séjours, d'habiter un peu plus loin, dans des conditions modestes. Encore une mission à mener ? On dirait. On pourrait s'en passer, mais quand même. Il se souvient d'être entré dans le port, un matin, il y a bien longtemps, à bord d'un navire chinois, une jonque en bois très spacieuse, provoquant la curiosité des riverains, des enfants, surtout, dont une douzaine ont eu la permission de monter sur la passerelle. Dieu sait ce qu'ils sont devenus, Dieu sait ce que les humains deviennent. Peu importe, encore une soirée, et voilà.

Il se lève, prépare son sac pour l'avion de nuit, sort, croise les ouvriers travaillant sur leurs barges, va faire un tour dans le vieux quartier. La nébuleuse d'atomes de sens s'est éclipsée dans le soleil couchant, l'eau brille très fort, l'activité navale est intense. Adieu au magasin, à l'ami discret au fond de sa boutique obscure. Celui-là, au moins, ne lui demandera ni comment il va ni où il va. Un petit livre très ancien et très rare pour le voyage ? Merci, on vérifiera. Écrire, d'ailleurs, n'est pas obligatoire, contrairement à ce que semblent penser les habitants de la nouvelle ère. Vous voulez dire que vous pourriez ne pas le faire ? Mais oui. Tout le monde écrit sauf vous ? À peu près. Simplement, *la question n'est pas là.* On publie de temps en temps des résultats, les principes sont toujours les mêmes, bonne chance à ceux qui savent les entendre, certains livres sont nécessaires pour dire comment les abandonner, se délier, les dépasser. *La vie inimitable,* par exemple. Ou bien ce traité arabe qui tient dans la poche. Ou cet autre hébreu, sanscrit, grec ou chinois. Quelques poèmes, pas n'importe lesquels. Avant tout la respiration, le ciel, les couleurs. Vous lisez le monde en vous-même ? Oui, et réciproquement. Sans fin ? Sans fin.

Le *Stella* est revenu dans l'île, la chanteuse nous l'envoie. C'est généreux de ta part, sirène. On partira dans la nuit avec la marée. Maud a cueilli un grand bouquet de roses rouges, on dîne dehors, près des acacias. Toast un peu solennel : « À toi », « à toi », « à eux ». On s'amuse. La syllabe, l'étoile : je lève les yeux, elle est là ; je ferme les yeux, elle est toujours là. Je ramasse un caillou, je l'offre à Maud, on le garde. Dernier tour sur la plage déserte et dans le jardin. Merveilleuse indifférence globale.

— On y va ?

— On y va.

DU MÊME AUTEUR

Aux Éditions Gallimard

FEMMES, *roman* (Folio *n° 1620*)

PORTRAIT DU JOUEUR, *roman* (Folio *n° 1786*)

THÉORIE DES EXCEPTIONS (Folio Essais *n° 28*)

PARADIS II, *roman* (Folio *n° 2759*)

LE CŒUR ABSOLU, *roman* (Folio *n° 2013*)

LES FOLIES FRANÇAISES, *roman* (Folio *n° 2201*)

LE LYS D'OR, *roman* (Folio *n° 2279*)

LA FÊTE À VENISE, *roman* (Folio *n° 2463*)

IMPROVISATIONS (Folio Essais *n° 165*)

LE RIRE DE ROME, *entretiens*

LE SECRET, *roman* (Folio *n° 2687*)

LA GUERRE DU GOÛT (Folio *n° 2880*)

SADE CONTRE L'ÊTRE SUPRÊME, *précédé de* SADE DANS LE TEMPS

STUDIO, *roman* (Folio *n° 3168*)

PASSION FIXE, *roman* (Folio *n° 3566*)

LIBERTÉ DU XVIIIème (Folio à 2 € *n° 3756*)

ÉLOGE DE L'INFINI (Folio *n° 3806*)

L'ÉTOILE DES AMANTS, *roman* (Folio *n° 4120*)

Dans les collections « L'Art et l'Écrivain » ; « Livres d'art » et « Monographies »

LE PARADIS DE CÉZANNE

LES SURPRISES DE FRAGONARD

RODIN. DESSINS ÉROTIQUES

LES PASSIONS DE FRANCIS BACON

Dans la collection « À voix haute » (CD audio)

LA PAROLE DE RIMBAUD

Aux Éditions Cercle d'Art

PICASSO LE HÉROS

Aux Éditions Desclée De Brouwer

LA DIVINE COMÉDIE, (Folio n° *3747*)

Aux Éditions de La Différence

DE KOONING, VITE

Aux Éditions Plon

VENISE ÉTERNELLE

CARNET DE NUIT

LE CAVALIER DU LOUVRE : VIVANT DENON, 1747-1825 (Folio *n° 2938*)

CASANOVA L'ADMIRABLE (Folio *n° 3318*)

MYSTÉRIEUX MOZART (Folio *n°3845*)

DICTIONNAIRE AMOUREUX DE VENISE

Aux Éditions du Seuil

Romans

UNE CURIEUSE SOLITUDE (« Points-romans » *n° 185*)

LE PARC (« Points-romans » *n° 28*)

DRAME (« L'Imaginaire » *n° 227*)

NOMBRES (« L'Imaginaire » *n° 425*)

LOIS (« L'Imaginaire » *n° 431*)

H (« L'Imaginaire » *n° 441*)

PARADIS (Points-romans *n° 690*)

Journal

L'ANNÉE DU TIGRE : journal de l'année 1998 (« Points-romans » *n° 705*)

Essais

L'INTERMÉDIAIRE

LOGIQUES

L'ÉCRITURE ET L'EXPÉRIENCE DES LIMITES (« Points » *n° 24*)

SUR LE MATÉRIALISME

Aux Éditions Grasset

VISION À NEW YORK, (*entretiens* « Figures », 1981) ; « Médiations/ Denoël » ; « Folio » *n° 3133*)

Aux Éditions Mille et Une Nuits

UN AMOUR AMÉRICAIN, *nouvelle*

Aux Éditions 1900

PHOTOS LICENCIEUSES DE LA BELLE ÉPOQUE

Aux Éditions Stock

L'ŒIL DE PROUST, Les dessins de Marcel Proust

Aux Éditions Robert Laffont

ILLUMINATIONS

Aux Éditions Calmann-Lévy

VOIR, ÉCRIRE, en collaboration avec Christian de Portzamparc

Aux Éditions Verdier

LE SAINT-ÂNE

Préfaces

Paul Morand, NEW YORK, *GF Flammarion*

Madame de Sévigné, LETTRES, *Éditions Scala*

FEMMES MYTHOLOGIES, en collaboration avec Erich Lessing, *Imprimerie nationale*

D. A. F. de Sade, ANNE-PROSPÈRE DE LAUNAY : L'AMOUR DE SADE, *Gallimard*

Composition Graphic Hainaut.
Achevé d'imprimer
par l'Imprimerie Novoprint
à Barcelone, le 22 octobre 2004.
Dépôt légal : octobre 2004.
ISBN 2-07-031720-X / Imprimé en Espagne.

13025